AUGUSTE COMTE

ET L'ACADÉMIE DES SCIENCES

RÉPONSE

A M. J. BERTRAND

SECRÉTAIRE PERPÉTUEL DE L'ACADÉMIE DES SCIENCES

PAR

LE Dr G. AUDIFFRENT

ANCIEN ÉLÈVE DE L'ÉCOLE POLYTECHNIQUE

L'UN DES EXÉCUTEURS TESTAMENTAIRES D'AUGUSTE COMTE

AVEC UN

APPENDICE

Par M. LUIS LAGARRIGUE, de Santiago (Chili).

PARIS

FONDS TYPOGRAPHIQUE

DE L'EXÉCUTION TESTAMENTAIRE D'AUGUSTE COMTE

3, Rue de l'Estrapade, 3

1897

AUGUSTE COMTE
ET L'ACADÉMIE DES SCIENCES

RÉPONSE

A M. J. BERTRAND

SECRÉTAIRE PERPÉTUEL DE L'ACADÉMIE DES SCIENCES

PAR

LE Dʳ G. AUDIFFRENT

ANCIEN ÉLÈVE DE L'ÉCOLE POLYTECHNIQUE
L'UN DES EXÉCUTEURS TESTAMENTAIRES D'AUGUSTE COMTE

AVEC UN

APPENDICE

Par M. Luis LAGARRIGUE, de Santiago (Chili).

PARIS

FONDS TYPOGRAPHIQUE

DE L'EXÉCUTION TESTAMENTAIRE D'AUGUSTE COMTE

3, Rue de l'Estrapade, 3

1897

Cet opuscule a été écrit par M. le Dr Audiffrent, en réponse à deux articles sur Auguste Comte, publiés par M. J. Bertrand dans le *Journal des Savants* de Novembre 1892 et dans la *Revue des Deux-Mondes* du 1er Décembre 1896.

L'Exécution testamentaire d'Auguste Comte, s'associant pleinement à cette énergique et légitime protestation, a résolu de comprendre dans les publications de son *Fonds typographique* le travail de M. Audiffrent. Elle l'a fait suivre des extraits mathématiques d'une remarquable *Lettre à M. J. Bertrand*, publiée par M. Luis Lagarrigue, ingénieur civil à Santiago du Chili.

Les Exécuteurs testamentaires d'Auguste Comte, en acceptant leur mandat, ont pris l'engagement de défendre la mémoire du Maître, de veiller constamment à la conservation, au développement de son Œuvre théorique et pratique. Ils croiraient faillir à leur devoir s'ils ne s'efforçaient de mettre le Public en garde contre des attaques de ce genre, haineuses et de mauvaise foi, surtout lorsqu'elles émanent de savants spéciaux ou de littérateurs jouissant, par suite de leur situation officielle, de beaucoup trop de crédit auprès de l'opinion.

AUGUSTE COMTE

ET

L'ACADÉMIE DES SCIENCES

Le nom d'Auguste Comte est aujourd'hui dans toutes les bouches, son œuvre dans toutes les mains ; plusieurs éditions en ont été données. C'est le plus grand penseur du siècle, c'est celui, a-t-on dit, qui a remué le plus d'idées. Son empreinte est dans toutes les productions contemporaines. Au Collège de France, un de ses plus anciens disciples a été élevé, par le choix ministériel, à l'une des plus importantes chaires. Sa doctrine y est donc presque officiellement enseignée. Sa personne fut entourée de la considération générale, soit à l'étranger, soit en France. Ceux qui ont vécu dans son intimité disent qu'il s'est élevé à la sainteté, à cette sainteté qui se fait martyre du devoir.

Un homme s'est pourtant, en ces derniers temps, attaqué à cette grande réputation, avec une continuité de haine peu commune de nos jours. Il a traîné dans la boue cette grande figure. Cet homme occupe une des plus hautes positions scientifiques, c'est l'un des deux secrétaires perpétuels de l'Académie des sciences. Depuis plusieurs années, dans les journaux, dans les revues les plus accréditées, il prend en quelque sorte à tâche de salir cette grande mémoire. Cette œuvre qui a tant frappé les contemporains, qui a donné lieu à tant d'élogieuses appréciations, il n'a pu, dit-il, en supporter la lecture ; il a jeté loin de lui le livre après en avoir parcouru quelques pages.

Une blessure d'amour-propre, une personnalité froissée, peuvent-elles susciter tant de ressentiment ? La vanité blessée suffit-elle pour expliquer un tel déchaînement de haine, pour élever un homme, occupant une des plus hautes positions officielles, au-dessus des plus élémentaires convenances, le pousser à braver l'opinion commune et se constituer juge suprême en des matières auxquelles, malgré le titre dont il est investi, il n'a jamais été initié ?

Quelque grand que soit le ressentiment personnel de M. Bertrand, — il faut bien le nommer — il n'eut, disons-nous, jamais eu tant d'audace, il n'eut jamais pu oublier à ce point ce qu'il doit au public d'honnêtes gens qui le lit. Aux haines personnelles, bien vivaces comme on peut le voir, sont venues s'ajouter celles de la corporation qu'il préside. C'est là qu'il a cherché un appui, que son audace a trouvé une sorte de consécration. Aveuglé par de basses passions, il a cru être appelé à continuer une vieille lutte, à se faire l'homme lige d'une compagnie où le grand penseur a trouvé le plus puissant obstacle au relèvement de la moralité humaine, si gravement compromise par de funestes institutions.

Pour l'édification de ceux qui nous liront, reprenons les choses d'un peu haut et montrons rapidement la doctrine dont M. Bertrand se refuse même à prendre connaissance.

Le spectacle de la dissolution croissante d'une vieille société avait inspiré au philosophe adolescent la généreuse pensée de se consacrer, après tant d'autres qui l'avaient précédé dans la voie, à sa régénération. Avec une admirable précocité, il avait orné son esprit de tout ce que le savoir humain pouvait lui révéler. Il venait, après un travail opiniâtre, de découvrir les grandes lois qui président à la marche de l'esprit humain. Noblement stimulé par le sentiment social, il pouvait donc se croire autorisé à entreprendre une semblable œuvre, à se donner une telle mission.

C'est aux savants, à ceux qu'il pouvait considérer comme les dépositaires de tout savoir, qu'il s'adressa d'abord. Son appel ne

fut pas stérile. Le grand souffle du XVIIIe siècle les animait
encore. Il eut pour auditeurs de ses premiers cours les plus
grandes célébrités scientifiques du temps : Humboldt, Blainville,
Fourier, Broussais, Navier et autres. Il s'appliqua, dans sa verve
juvénile, à leur montrer ce qu'il y a de défectueux dans le
régime des spécialités qui domine dans leur corporation,
cherchant à les convaincre que, du moment que la marche de
l'esprit humain nous élève à l'étude des organismes supérieurs,
les vues de détail doivent se subordonner aux vues d'ensemble.
La découverte des grandes lois qui président à l'évolution
humaine l'autorisait, en effet, à considérer la science qu'il insti-
tuait comme devant être le régulateur de toutes les autres. C'est
à prendre la direction spirituelle d'une société en défaillance qu'il
invitait ainsi ceux que leur instruction semblait y appeler. De
semblables espérances ne devaient pas être longtemps conservées,
et le jeune penseur se préparait de cruelles déceptions ! Si la
vieille famille scientifique s'était maintenue dans les aspirations
d'un autre temps, on ne pouvait en dire autant de la nouvelle. Le
régime des intérêts, qui avait prévalu partout, depuis la crise de
1830, ne tarda pas à altérer la moralité scientifique elle-même, et
la science devint bientôt un moyen de s'assurer de lucratives
positions. Un observateur attentif se convaincra facilement que
l'avènement du régime nouveau, si favorable aux hommes
d'affaires, devait bien vite étouffer les grandes visées philosophiques et sociales *où s'alimentèrent, sous la Restauration, tant
de nobles natures.*

Sous ce gouvernement, disons-le en passant, le jeune philosophe recevait des félicitations d'un grand ministre, qui mourut
pauvre et méconnu. Une grande nature poétique pouvait qualifier
à juste titre un tel régime : une belle halte dans la voie des
révolutions. Aussi le grand penseur, lui rendant un juste hommage,
a-t-il pu dire que, pendant les sept ans de son entière plénitude,
jamais sa liberté ne fut entravée. La liberté spirituelle, préservée
de l'oppression des compagnies universitaires ou savantes, y fut
en effet toujours respectée. La coalition du régime parlementaire
et du journalisme, qui ne tarda pas à prévaloir, fournit une sorte
de consécration à la science, devenue officielle. Celle-ci se perdit

alors en de spécieux détails ; c'est ainsi qu'elle opposa progressivement un infranchissable obstacle à tout ce qui n'était point émané de ses représentants.

C'est de 1830 à 1842, au milieu des plus intimes souffrances, que fut écrit le *Cours de Philosophie positive*. Les deux plus grands esprits scientifiques du temps, l'illustre Blainville et l'éminent Fourier, celui-ci secrétaire perpétuel de l'Académie des sciences, ne dédaignaient pas d'en accepter l'hommage.

Un mot sur la position matérielle du jeune penseur. Privé de fortune, ne recevant rien de sa famille, il vécut de l'enseignement mathématique. Ses leçons furent bientôt recherchées. Parmi ses élèves, il compta un prince de Carignan. C'est en 1832 qu'il fut introduit comme répétiteur d'analyse à l'Ecole polytechnique par Navier, qui devint pour lui un ami. A la mort de celui-ci, il fut, suivant l'usage, appelé à le suppléer. Il eut ainsi l'occasion de montrer ses facultés didactiques. Le souvenir du cours qu'il fit alors est resté dans les annales de l'Ecole. Dulong, l'éminent physicien, alors directeur des études, se fit un honneur d'assister à ses leçons. C'est sur sa recommandation qu'en 1837 il fut nommé examinateur pour l'admission. Il se trouvait ainsi engagé dans un milieu qui, certes, n'était pas le sien, et, malgré une communauté d'origine, il n'allait y trouver que des déboires.

Quoique rattachée officiellement au Ministère de la Guerre, l'Ecole polytechnique ne restait pas moins sous la dépendance de l'Académie des sciences pour la nomination des professeurs. Celui qui s'était donné une mission sociale, qui poursuivait la rectification de l'esprit scientifique, ne pouvait s'attendre à de grandes sympathies dans le milieu où il se trouvait, bien qu'il y comptât d'anciens camarades. Ses illustres protecteurs Dulong et Navier ayant disparu, qui pouvait lui tenir compte de ses nobles aspirations, apprécier sa haute valeur philosophique, unanimement reconnue au dehors ? Déjà le mémorable cours dont il fut chargé lui avait suscité bien des rivalités. Une sourde opposition se forma bientôt contre lui. On ne peut impunément marcher longtemps contre les errements de son époque.

Le philosophe se fourvoyait évidemment dans un milieu qui lui était contraire. Descartes et Leibnitz y auraient eux-mêmes succombé. Une philosophie, justement qualifiée de positive, venant se substituer aux deux philosophies théologique et métaphysique, qui avaient dominé jusqu'alors, devait trouver des adversaires nombreux parmi les partisans des deux doctrines qu'elle aspirait à remplacer. Elle ne pouvait, en touchant à la situation contemporaine, se dispenser de signaler les obstacles qui s'opposaient à son adoption. Pouvait-elle trouver des auxiliaires parmi les corporations savantes, et, contrairement à ce qu'on avait espéré d'abord, ne pas se heurter à elles ? La constitution même de ces diverses corporations les éloignait, avons-nous dit, de la nouvelle philosophie. Essentiellement analytique de sa nature la science ne pouvait s'élever aux vues systématiques qu'exige la philosophie positive. Composées, d'ailleurs, de sections étrangères les unes aux autres, par le fait du morcellement du travail scientifique, ces doctes réunions ne pouvaient accueillir favorablement celui qui exigeait de chacune d'elles des connaissances générales, auxquelles la plupart restaient étrangères.

Deux courants régnaient à l'Académie des Sciences : l'un poussant vers le domaine inorganique, l'autre vers le domaine organique. C'est dans le premier de ces domaines, berceau de la positivité, que dominait l'esprit mathématique. C'est là que surgirent les adversaires les plus acharnés de la nouvelle doctrine, tandis qu'elle trouvait dans l'autre, en raison des dispositions synthétiques qu'exigent les sciences de la vie, quelques rares partisans. Un homme régnait souverainement dans l'illustre réunion. Secrétaire perpétuel de l'Académie des Sciences, pour la partie mathématique, député de l'opposition, admirablement doué sous le rapport des facultés d'exposition, M. Arago était en situation d'exercer son esprit dominateur. Pouvait-il pardonner au philosophe, qui dans le cours de sa vaste élaboration était amené à réclamer la transformation d'habitudes invétérées, aussi opposées au triomphe de la vraie science, de la science *des touts*, qu'à l'avènement d'un nouvel ordre social ? Il était d'ailleurs dangereux de soulever ainsi le voile qui couvrait tant de réputations facilement acquises. La perte du philosophe s'imposait donc naturellement.

Quoiqu'il eût rempli toujours consciencieusement les modestes fonctions qui lui avaient été confiées, avec un dévouement et une compétence incontestés, il fallut l'écarter. Ses moyens d'existence se rattachaient, il est vrai, à l'exercice de ces diverses fonctions, mais son implacable adversaire ne s'y arrêta pas. Le réduire par la faim, lorsque la conspiration du silence n'avait pu le mâter, tel fut le mot d'ordre donné.

Le licenciement de l'Ecole polytechnique, en 1816, avait éloigné le jeune penseur d'une des plus hautes positions officielles, que son numéro de sortie lui aurait certainement assurée. Sans fortune privée, il fut, avons-nous dit, condamné à demander ses moyens d'existence à l'enseignement mathématique. Il trouvait, pendant les loisirs que lui laissaient ses occupations, privées ou publiques, le temps de se livrer, par un travail opiniâtre, à la composition de ses plus importantes publications, sans jamais négliger ses devoirs professionnels.

La vacance d'une chaire d'analyse à l'Ecole polytechnique pouvait assurer sa position mieux que ne le faisaient ses modestes fonctions d'examinateur. Une pareille chaire lui revenait de droit, d'abord par l'ancienneté et comme ancien élève de l'Ecole, cela conformément à un usage que l'on n'avait pas encore méconnu. D'ailleurs, ses aptitudes didactiques étaient connues par le mémorable cours qu'il avait fait à la mort de son protecteur M. Navier.

M. Sturm, membre de l'Institut, n'ayant d'autre titre qu'un théorème dont l'originalité pouvait être contestée, lui fut préféré. Faut-il rappeler que M. Sturm, quelle que fut sa valeur comme spécialiste, était dépourvu de toutes qualités didactiques. Un membre des plus éminents de l'Académie des Sciences, M. de Blainville, s'était constitué le patron de la candidature polytechnique d'Auguste Comte, son ami. Une lettre que celui-ci crut devoir écrire à ce sujet, n'obtint pas même une lecture, à laquelle s'opposa un chimiste, M. Thénard. Faut-il encore rappeler un mot peu honorable qui fut prononcé en cette occasion. M. de Blainville, dans son dévouement et poussé par un sentiment de justice, se fit un devoir de visiter séparément chacun de ses collègues et de leur faire connaître la position matérielle, très précaire, de son protégé. Il lui fut répondu par l'un d'eux que l'Académie des Sciences n'était pas un Bureau de Bienfaisance. Ce personnage, entré sans fortune à l'Ecole polytechnique, avait oublié que sa pension, conformément à un usage établi, avait été payée par ses camarades.

M. Arago, un des chefs de l'opposition républicaine à la Chambre des députés, républicain avéré, menait cette campagne de haine et de persécution. En présence d'une pareille hostilité, M. Comte pouvait prévoir que ses positions polytechniques, toutes renouvelables, au gré du conseil de l'Ecole, allaient lui être enlevées. Le doute n'était plus possible à cet égard. Pénétré de la mission toute sociale qu'il remplissait, fort de ses droits acquis dans l'exercice de ses fonctions, c'est au public, qui l'avait lu et apprécié, qu'il crut devoir s'adresser pour rappeler ses ennemis à plus de pudeur.

Dans la mémorable préface du volume final de son œuvre fondamentale, préface qu'on ne peut lire sans se sentir pénétré d'une profonde tristesse, il expose, avec une naïveté toute philosophique, la situation qui lui était faite ; sa vie tout entière s'y dévoilait. C'est sous le patronage de l'opinion qu'il se plaçait. Au jugement motivé, porté sur le régime académique, venait ainsi s'ajouter l'exposé de la conduite, à son égard, de ses implacables ennemis. M. Arago n'y tint plus. Perdant le sentiment de toutes les convenances, il exigea de l'éditeur d'A. Comte, M. Bachelier, l'insertion dans le nouveau volume, le dernier des six du *Cours de Philosophie positive*, d'une note blessante pour l'auteur.

M. Bachelier était imprimeur de l'Académie des sciences et du Bureau des longitudes. Il eut la faiblesse de ne rien refuser à celui de qui dépendait, au moins en partie, son industrie. Lui imposer dans sa position une pareille insertion, n'était-ce pas déjà une prévarication et une lâcheté ? Le Tribunal de commerce de Paris condamna M. Bachelier à la suppression de la note à ses frais et à des dommages envers l'auteur. M. Comte plaida lui-même ; il lui fut facile de montrer quels sentiments animaient contre lui le directeur de l'Observatoire, l'éditeur n'étant qu'un docile instrument dans sa main. On ignore toutes les démarches que fit M. Arago, chef de l'opposition républicaine, pour que les journaux ne fussent point saisis de cette triste affaire. On n'avait rien à lui refuser, pas même un déni de justice !

On sait que la place d'examinateur à l'admission était soumise chaque année à la réélection. La fameuse préface eut immédiatement son effet. Ce ne fut qu'après une lutte acharnée, où les partis se comptèrent, que M. Comte fut maintenu dans son emploi et réélu, grâce à l'intervention de deux puissants amis, M. de Blainville et M. Poinsot, le géomètre. La fausse sécurité dans laquelle M. Comte aimait à rester fut de courte durée. Voici ce que, revenu de ses illusions, il écrivait à M. Stuart Mill, publiciste anglais et l'un de ses lecteurs :

« Vous ne serez pas maintenant étonné d'apprendre que le
« 27 Mai, lors de la réélection, mes ennemis ont obtenu contre
« moi une majorité de 9 voix contre 5, malgré le zèle énergique
« et soutenu que les trois véritables chefs de notre Ecole (le
« général commandant en chef, le colonel commandant en second
« et le directeur des études), ont unanimement développé pour
« moi. Toutes les passions que ma préface a caractérisées ont
« concouru à la consommation de cette iniquité....... Mais les
« haines dominantes étaient certainement, abstraction faite des
« inimitiés personnelles, celles des géomètres, dont la philosophie
« nouvelle menace dangereusement l'irrationnelle suprématie
« scientifique....... » (1)

C'est au maréchal Soult, alors ministre de la guerre et de qui émanait en dernier ressort la nomination aux diverses fonctions polytechniques, que M. Comte fit appel de la décision qui le spoliait, et cela dans trois lettres fort remarquables, en date du 30 Janvier, du 1er Juin et du 19 Décembre 1844 (2). Il y expose sa position au ministre de la guerre, lui fait connaître les faits qui ont motivé sa non réélection et les vices du règlement qui laisse au Conseil de l'Ecole une part si prépondérante dans la nomination de ses divers fonctionnaires. Il s'engage à

---

(1) *Lettres d'Auguste Comte à John Stuart Mill*, 1841-46, page 242. E. Leroux, éditeur.

(2) Voir *Testament d'Auguste Comte avec les pièces qui s'y rapportent*, pages 55 et suivantes.

prouver que sa non réélection n'a fait que réaliser, sous l'impulsion de M. Liouville, les coupables menaces de M. Arago à son égard, mentionnées déjà dans la lettre du 30 Janvier. Le maréchal lui accorde le 1er Juin l'audience qu'il lui a demandée. Il est touché de l'accueil du maréchal qui lui promet de le couvrir autant que le lui permettra la règle existante. Ne pouvant l'empêcher de perdre son traitement cette année, il se refuse à nommer à sa place et désigne pour le remplacer l'un des deux suppléants. En annonçant sa décision pour l'année suivante, il blâme avec énergie la conduite du Conseil de l'Ecole et écrit au général commandant de l'Ecole une lettre qui fut communiquée à M. Comte. Cette lettre est pleine d'éloges pour sa conduite comme fonctionnaire ; le ministre y déclare formellement qu'il *s'est assuré que M. Comte mérite toute la confiance du gouvernement*. La conduite du Conseil y est qualifiée de *déni de justice auquel le ministre ne doit pas s'associer*. L'exclusion dont il a été l'objet y est présentée comme *inconciliable avec le zèle et la loyauté que M. Comte a montrés pendant sept ans dans l'exercice de ses fonctions*. Il la signale *comme contradictoire avec les éloges du Conseil lui-même à ce sujet*.

Le Conseil fut, dans l'intervalle, renouvelé par le maréchal. Cette mesure n'eut pas le résultat que celui-ci attendait, car le nouveau Conseil, à la majorité de dix voix contre neuf, maintint l'exclusion prononcée par l'ancien. Le ministre, fatigué de toutes ces luttes, renonça à protéger l'homme dont il avait reconnu le mérite et la haute moralité. On assure que pour paralyser son bon vouloir on ne craignit pas de recourir, en cette circonstance, à une *auguste influence féminine*.

Dans cette mémorable lutte, il n'y avait point de grief articulé contre la victime. Le ministre fait son éloge, le Conseil n'a rien à répondre.

Qu'a combattu, jusqu'ici, Auguste Comte ? des personnalités ? non, mais le régime des spécialités dissolvantes. Il a déclaré que les géomètres ne sauraient conserver plus longtemps la présidence scientifique. Les géomètres se sont ligués contre lui et l'ont sacrifié. A l'âge de quarante-cinq ans, après une vie de labeurs, le voilà réduit à demander son pain, comme en son jeune âge, à l'enseignement libre, que l'hostilité académique devait aussi lui fermer.

La lutte que nous venons d'exposer continua encore plusieurs années ; elle se termina par une perfidie à laquelle M. Duhamel ne resta pas étranger. Il est bon de narrer le fait.

Une nouvelle vacance à la place d'examinateur venait de se produire. La situation de M. Comte était, depuis sa mésaventure, restée toujours précaire ; nous étions en 1848, après les terribles journées de juin. M. le général de Lamoricière était alors ministre de la guerre. Il avait été l'élève de M. Comte. Il connaissait aussi bien que personne ses titres à la place vacante, ainsi que le déni de justice dont il avait été victime. Il n'avait rien, en ces conditions, à refuser à son ancien maître. Sa promesse fut formelle.

M. Comte reçut un jour la visite de l'oncle de M. J. Bertrand, M. Duhamel, alors directeur des études à l'Ecole. Il était revenu à l'ancien tutoiement en parlant à son camarade de promotion. Il le pria de différer toute nouvelle demande au général, sous prétexte de faire réussir certains projets de remaniement intérieur, l'assurant du concours du Conseil de l'Ecole. M. Comte fut de bonne composition. Le ministère du général de Lamoricière tomba, et le Conseil de l'Ecole désigna tout autre que M. Comte ; ce fut M. Joseph Bertrand, comme l'avoue celui-ci dans son factum, avec une certaine désinvolture de modestie. M. Bertrand, dans une de ses brochures, parle de la magnanimité de M. Arago, de son désir, quand il était lui-même ministre de la guerre, avant les journées de juin, d'être utile à M. Comte. Après la retraite de M. le général de Lamoricière, M. Arago avait encore une influence prépondérante dans le Conseil de l'Ecole. Que fit-il pour prouver cette magnanimité ? Rien. Je tiens tous ces détails de M. Comte lui-même.

Après son renvoi de l'Ecole polytechnique, n'ayant d'autre perspective que la misère, A. Comte, pénétré de la mission qu'il s'était donnée, remit le soin de son existence matérielle au public occidental. Dans sa détresse, il fut soutenu par de généreux anglais qui virent en lui le philosophe persécuté, sans voir cependant le novateur religieux. Quelle responsabilité n'acceptait pas M.

Arago vis-à-vis de la postérité ! Son scepticisme, autant que ses rancunes académiques, l'empêchèrent de voir l'homme exceptionnel qu'il avait devant lui.

Il est des hommes qu'on nomme providentiels ; ils apparaissent à un moment donné, quand une situation sociale semble les réclamer ; on ne sait souvent d'où ils sortent. Tels sont les grands novateurs religieux : Moïse, saint Paul, Mahomet. Il y a dans leur apparition un phénomène social très complexe, qu'on n'a pu expliquer positivement que de nos jours et que, sous les divers régimes théologiques, d'où nous sortons à peine, on a attribué à une intervention surnaturelle.

Tout le passé doit être considéré par nous, dit le grand novateur, comme une époque de préparation des forces humaines, présentant des périodes de calme et d'agitation. Le calme, qui succède à l'agitation, est ordinairement ramené par l'avènement d'une doctrine dirigeante, plus conforme à une nouvelle situation, remplaçant des doctrines désormais épuisées. Tel est le spectacle des diverses phases que nous présente l'évolution humaine. Sous ces diverses phases, quoique de nouveaux moyens de direction soient, en quelque sorte, réclamés par de nouveaux besoins, qu'ils soient plus ou moins pressentis, préparés même jusqu'à un certain point, par l'action collective des générations, un homme exceptionnel, véritable produit de son milieu, ne reste pas moins nécessaire. Il peut être longtemps attendu, mais c'est de lui qu'émane la direction de toutes parts demandée. Cet homme, à proprement parler, est un véritable élu de l'Humanité ; il porte en lui les aspirations communes. Son état cérébral, exceptionnel, comme la mission qu'il a à accomplir, résulte d'un rare concours de nos plus hautes facultés affectives, spéculatives et actives. Pénétré des exigences d'une telle situation, il ne saurait en détourner son esprit ; et son activité, stimulée par les mobiles les plus élevés, semble le pousser fatalement à l'accomplissement de ce dont il se sent chargé, de ce qu'on qualifie de sa mission. S'il existe en certains hommes, chez lesquels règnent souverainement les sentiments inférieurs, des impulsions vraiment irrésistibles, une rigoureuse observation de ceux qu'on peut qualifier de providentiels nous les présente, eux aussi, comme obéissant à des impulsions naturelles d'un ordre élevé, revêtant également un caractère d'irrésistibilité. Qui eût pu détourner saint Paul et Mahomet de la mission qu'ils s'étaient donnée ? En considérant ces natures exceptionnelles, dont les fautes elles-mêmes revêtent un caractère spécial, peut-être pourrait-on dire qu'il existe entre elles et le commun des autres hommes autant de différence qu'il en existe entre ceux-ci et nos animaux domestiques supérieurs. La plus haute antiquité en a fait des divinités.

Ceux qui ont pu se pénétrer, d'après une théorie historique, des complexités que présente notre état social, pourront se convaincre qu'on ne peut en sortir qu'à l'aide d'une intervention exceptionnelle, qui réclame toute la puissance d'un génie supérieur, s'inspirant de nos plus impérieux besoins.

Tel fut l'homme que ses contemporains ont méconnu, que les savants ont traîné dans la boue, que les plus accrédités parmi eux ont voulu réduire par la faim. C'est l'élu de l'Humanité, disons-le, qu'ils ont ainsi attaqué. La postérité saura flétrir les noms qui s'attachent plus spécialement à cette lutte, qui les voue d'avance à la réprobation des générations à venir.

Telle est la théorie des hommes qualifiés justement de providentiels ; à eux de prévoir, de pourvoir et de mettre fin à nos communes misères.

Sur la base philosophique que venait de fonder Auguste Comte, il fallait un édifice. Ce n'est pas pour charmer les loisirs de quelques savants en *us* qu'il a consacré la plus grande partie de sa vie à un labeur incessant, ne lui rapportant que misères et tribulations. Ce sont de nouveaux moyens de direction, c'est une nouvelle religion, en un mot, qui manque à cette société en plein désarroi, a-t-il dit dans ses premiers opuscules. Après la fondation magistrale d'une philosophie, c'est à la pensée de ses jeunes années qu'il revient ; il n'a d'ailleurs jamais cessé de la poursuivre. Placé d'abord, dans l'institution d'une philosophie, à un point de vue tout spéculatif, c'est au sentiment qu'il va donner la présidence dans l'institution de son œuvre synthétique. Le philosophe va se transformer en novateur religieux. Aussi, est-ce son âme qu'il veut d'abord épurer, en réchauffant son cœur par une sainte affection. Ce philosophe austère, qu'on le sache bien, est l'homme le plus tendre ; c'est ce que prouve toute sa correspondance privée. Les grandes pensées peuvent-elles venir d'ailleurs que du cœur ? La mort a affermi la profonde affection qui va dominer toute sa vie. Mme Clotilde de Vaux, devenue sa Béatrice, sera l'objet d'un culte quotidien ; c'est sous son inspiration que son œuvre de seconde vie se poursuivra. Elle en aura la dédicace, offerte en hommage à sa sainte mémoire.

Nos chétives générations, qui jugent les élus de l'Humanité en les ravalant à elles-mêmes, n'ont pu comprendre ce qui s'est produit de transformations dans cette grande âme, où tout s'élève à un degré exceptionnel ; où le sentiment, jusqu'alors contenu, vient faire explosion pour stimuler l'esprit et soutenir l'activité. C'est là en effet pour nous, aujourd'hui, un phénomène dont nous ne pouvons guère nous rendre compte. La vie de deux grands types, de saint Paul et de saint Bernard, que le catholicisme présente à notre respect, à notre admiration, serait peut-être un guide dans l'exploration de ces grands organismes, de ces grandes natures, qui nous dépassent de tant de coudées, où tout concourt à les élever au-dessus de nous.

Montrons rapidement cette œuvre de seconde vie, si peu comprise jusqu'ici, où des cœurs secs, des esprits sans élévation et mal cultivés, ont cru voir un acte d'aliénation mentale.

L'édifice religieux a pour base deux grandes conceptions.

C'est, d'un côté, la théorie des fonctions du cerveau, de l'autre, celle de l'unité humaine. Il paraîtra étonnant à des académiciens qu'une théorie des fonctions du cerveau ait pu émaner du philosophe qu'ils ont conspué. Gall, aussi indignement traité par eux, en localisant dans l'appareil nerveux central nos facultés les plus élevées, n'a pu s'inspirer que de l'observation des animaux et de l'homme considéré isolément. Aussi son œuvre est-elle restée à l'état d'une simple tentative. Elle fut néanmoins dignement appréciée par deux des plus grands esprits du temps, Blainville et Broussais. A l'observation des animaux et de l'homme individuel, il fallait encore joindre l'inspiration sociologique. C'est en effet dans le grand spectacle historique que pouvait se

2

révéler le fonctionnement de nos plus hautes facultés, surtout spéculatives, et leur harmonie nécessaire. Il ne saurait donc rester étonnant qu'une théorie des fonctions du cerveau ait émané de celui-là même qui venait de nous doter des grandes lois qui président à la marche de l'évolution humaine.

Sur cette double base : la théorie des fonctions du cerveau et celle de l'unité, s'élèvera la science de l'homme, de l'homme moral, soumis à l'influence du passé qui l'a placé au-dessus des animaux, anatomiquement aussi bien constitués que lui. Entre le monde et l'homme, dira le grand penseur, il faut l'Humanité.

La science de l'homme, c'est-à-dire la morale, en tant que science, se propose de déterminer les conditions multiples de l'existence de l'Etre, dans sa double dépendance, d'une part, à l'égard de ses prédécesseurs et, d'autre part, à l'égard de ses successeurs, dont il a à préparer l'avenir. Comme art, elle doit nous fournir des moyens de direction. Telle fut sa destination sous tous les sacerdoces du passé.

Bien qu'il existe une Académie dite des sciences morales, on peut assurer que le domaine moral n'y a jamais été exploré. Il ne l'a été jusqu'à ce jour qu'empiriquement, par ceux qui ont été investis de la direction des hommes. En ces sortes de matières, on peut dire que le moindre confesseur en sait plus long que les plus solennels savants. Noyés pour la plupart en de froides abstractions, ils sont restés étrangers à la vie réelle ; aussi n'ont-ils jamais été pris au sérieux par les femmes, qui ne jugent que d'après les résultats.

Une religion tout entière sortira de l'œuvre de seconde vie ; culte, dogme et régime s'y trouveront désormais condensés. C'est un aliment pour le cœur, une direction pour l'esprit, un but à l'activité, qu'y trouveront les générations nouvelles ; mieux que sous aucun des modes religieux antérieurs, l'amour et la foi s'y trouveront combinés. L'esprit, nous révélant notre dépendance à l'égard de nos prédécesseurs, va, par la reconnaissance qu'il nous inspire envers eux, nous disposer à préparer l'avenir pour ceux qui viendront après nous.

A cette grande œuvre qui a rempli toute une noble existence,

il fallait cependant un couronnement. Tel devait être l'objet de
la belle conception que la mort a laissée inachevée.

A tout état social une représentation est nécessaire, une sorte
de condensation de l'ordre établi ou régnant. C'est là ce qu'on a
qualifié de *synthèse*. Le fétichisme, en animant la nature entière,
substitua à la réalité une synthèse essentiellement subjective où
le sentiment rapprochait tous les êtres. A cette première
synthèse, le théologisme, polythéique ou monothéique, en substitua une autre toute objective, quoique le lien qui réunissait ici
les parties fut essentiellement fictif.

Les dieux, ou Dieu lui-même, puissances extérieures à
l'homme, présidèrent ainsi à tous les rapprochements. La
métaphysique ne put rien fonder ; sa vague entité, la Nature,
ne put répondre à aucune des exigences du cœur ou de l'esprit.

L'avortement de la tentative de Descartes ne pouvait laisser
aucun doute sur l'impossibilité de toute synthèse objective. La
science, à la recherche d'un principe assez général pour en faire
découler tous les autres, devait, en effet, montrer son impuis-
sance à cet égard. Une synthèse subjective restait donc alors
seule possible. Celle de nos premiers aïeux va pouvoir se
concilier avec celle de l'âge mûr, en affectant l'une et l'autre à la
recherche des lois. La première rapportait tout à l'individu,
tandis que la seconde rattachera tout à l'Humanité, en rejetant
tout ce qui ne pourrait servir à sa glorification, alliant ainsi
l'utilité à la réalité. Le sentiment pourra, de la sorte, sous la
dernière synthèse comme sous la première, servir de moyen
d'union entre les divers éléments.

L'institution de la nouvelle synthèse subjective réclamait
l'incorporation du fétichisme au positivisme ; elle exigeait également une mémorable théorie, celle des milieux subjectifs.

La théologie et la métaphysique furent des états provisoires
et transitoires auxquels l'esprit, arrivé à sa pleine maturité, ne
reviendra jamais. On ne pourrait en dire autant de nos dispositions fétichiques. La plus froide raison y reviendra toujours,
lorsque sous l'empire de la passion elle se sera trop hâtée d'y
condescendre, sans avoir suffisamment consulté le dehors. L'état
final pourrait-il ne pas toujours tenir compte de ces dispositions ?

Il y avait donc obligation pour la nouvelle synthèse de se les assimiler. Elles constituent d'ailleurs l'état mental de l'enfance, comme elles ont été celui de nos premiers aïeux.

La théorie des milieux subjectifs se condense dans une institution qui se perd dans la nuit des temps, celle de l'Espace. L'Espace n'a été affecté jusqu'ici qu'à nous conserver les empreintes des corps, il pourra nous conserver aussi les sons, les odeurs, les saveurs, nos impressions calorifiques, lumineuses, électriques, et en général tous les phénomènes que l'abstraction théorique a isolés de leur siège. Telle est la destination de ce grand milieu, essentiellement subjectif. Conformément à nos dispositions et à nos habitudes fétichiques, rien ne saurait s'opposer à ce qu'on lui confère la bienveillance. Ne garde-t-il pas, pour nous les rendre, quand ils lui sont réclamés, tous les premiers éléments de nos spéculations quelconques ? L'Espace, la Terre et l'Humanité pourront constituer de la sorte une grande trilogie, où il ne dépendra que de nous de condenser les plus précieux attributs humains. Ainsi que l'Espace, la Terre peut être considérée comme douée de bienveillance ; n'est-ce pas elle qui nous confère la vie ? n'est-ce point en elle que nous retournons, à elle que nous confions notre dépouille dernière ? Elle est aussi douée d'activité. L'Humanité, où l'on retrouve ces deux attributs, bienveillance et activité, y joint à son tour l'intelligence.

Pour compléter cette trilogie, la Terre va s'entourer de ses enveloppes fluides, l'air et l'eau, que toutes les anciennes théogonies ont chantées. Entre elle et l'Humanité, se placeront les végétaux et les animaux. Ainsi sera définitivement constituée une encyclopédie à la fois abstraite et concrète, formant une véritable synthèse de nature essentiellement subjective, où la réalité restera toujours inséparable de l'utilité. La hiérarchie abstraite des phénomènes pourra dès lors se condenser également en trois termes, en leur conservant les anciennes appellations de Logique, de Physique et de Morale, qui se rattacheront à l'Espace, à la Terre, à l'Humanité. La Biologie et la Sociologie pourront devenir les prolégomènes de la Morale, c'est-à-dire de la science de l'homme, tandis qu'à la Physique se rattacheront comme terme moyen l'Astronomie et la Chimie. A la science du nombre, de

l'étendue et du mouvement, on donnera désormais la qualification de Logique, qui va servir à désigner la science mathématique tout entière, pour en montrer l'une des principales
destinations.

En définissant la logique : le concours des sentiments, des
images et des signes, pour nous inspirer les conceptions qui
conviennent à nos besoins moraux, intellectuels et physiques, le
grand novateur nous montre ainsi tout le cerveau en pleine
activité dans l'institution de nos conceptions quelconques. Toute
recherche, même spéculative, est en effet commandée par un
sentiment et se poursuit au moyen des images et des signes,
qui assistent nos inductions et nos déductions, pour aboutir
finalement à la communication, c'est-à-dire à l'expression.

Le savant qui attend qu'une révélation se manifeste et qu'une
vérité exclusivement objective se présente à son esprit, est
encore dans l'absolu, aussi bien que le théologien et le métaphy-
sicien. Il ne comprend pas que tout notre savoir est d'institution
sociale et que nos conceptions ne sauraient être la représentation
exacte, fidèle, de la réalité, mais des institutions, des approxima-
tions, que réclament nos besoins et qu'il faudra élargir et
étendre quand ceux-ci le réclameront.

Sous l'empire de la vieille métaphysique grecque, la logique
n'a consisté que dans l'emploi, plus ou moins heureux, des signes
du discours, ainsi que l'indique le mot usité, sans qu'on ait cru
devoir tenir compte de l'impulsion qui doit présider à tout travail
spéculatif. En voulant encore ériger en un corps de doctrine la
logique, on ne s'est pas pénétré de cette idée qu'on n'apprend à
raisonner qu'en raisonnant. Dans une telle conviction la
hiérarchie scientifique tout entière, dans ses divers modes, devient
un véritable apprentissage logique. Déductif en mathématiques,
cet apprentissage reste inductif, sous des formes variées, dans le
reste de toute la hiérarchie, pour devenir enfin constructif dans
le domaine moral. Induire pour déduire afin de construire, telle
est la marche de tout travail spéculatif. En raison de la simplicité
des phénomènes et de la nature essentiellement déductive de ses
spéculations, la science mathématique a pu être, en effet,
instituée en un véritable apprentissage logique. Quoique la

déduction y domine, l'induction n'y est point étrangère ; on a même pu y transporter certains procédés inductifs propres à la méthode comparative. La science du nombre, de l'étendue et du mouvement peut ainsi être justement présentée désormais comme une initiation à la logique. La rénovation cartésienne y associe les images aux signes, et le sentiment, par l'institution de l'espace en un milieu toujours bienveillant, trouve aussi à y exercer sa présidence en corrigeant la sécheresse qui y fut toujours redoutée pour le cœur.

C'est dans une magistrale introduction à l'œuvre de dernière vie, qu'est instituée la *Synthèse subjective*. Sous ce titre, cette œuvre, qui devait couronner une grande existence, se serait composée de quatre volumes : un premier, consacré à la philosophie mathématique, a été seul écrit. Les deux suivants auraient traité de la morale théorique et pratique, et le dernier de l'action de l'homme sur sa planète. Le volume de morale pratique devenait un véritable traité de l'éducation, conformément à la promesse faite dès les débuts de sa carrière par le grand philosophe. Le volume final constituait un guide pour la direction de notre activité ; c'eût été toute une philosophie industrielle.

Le traité de philosophie mathématique qui nous est resté peut nous montrer dans quel esprit eussent été écrits les autres volumes qui nous ont été ravis par la mort. Les larges vues développées dans l'introduction du volume initial, auraient trouvé là leur application. L'œuvre en elle-même équivalait à un renouvellement de la mentalité humaine, détournée, on peut le dire, de sa véritable nature, depuis le fétichisme. N'est-ce point d'ailleurs ce que nous indique notre langage encore tout métaphorique ?

Le traité de philosophie mathématique, on le voit, fut toute une création. Ceux qui y ont largement puisé, sans indiquer la source de leurs emprunts, ne s'y sont pas mépris. Si autour des trois grandes figures de Descartes, de Leibnitz et de Lagrange, on peut résumer, en quelque sorte, toute la science mathématique, dans son développement moderne, la dernière œuvre du grand philosophe l'érige certainement en législateur de la

science fondamentale. C'est ce dont, à l'Académie, on ne s'est
pas encore aperçu. La science du nombre, de l'étendue et
du mouvement, dépouillée de toutes les fastidieuses élucu-
brations dont elle fut de nos jours encombrée, a de la sorte reçu
sa constitution définitive. C'est ainsi qu'elle sera présentée aux
jeunes générations de l'avenir, dépouillée de la sécheresse
qu'entretient un enseignement vicieux, qui ne peut en montrer
ni la destination logique, ni la portée sociale, déjà si manifeste
dans la belle théorie du nombre, où le génie philosophique du
grand novateur s'est montré dans toute sa puissance ; c'est dans
toute la plénitude de son génie, on peut le dire, que la mort
nous l'a enlevé !

 Faut-il ajouter que le coup qui le frappa partit de l'entourage
de celui à qui le Positivisme a fait une popularité imméritée.
Comme M. Arago, le mémorable insulteur, M. Littré appartenait
au monde académique. Si l'homme de même origine, qui s'est
fait naguère une certaine notoriété en proclamant la faillite de la
science, avait reçu une meilleure préparation, il eut reconnu que
c'est dans ce monde académique, hostile à tout vrai progrès, que
la science a fait faillite. Il eut reconnu que le double problème :
le Monde et l'Homme, objet des préoccupations des siècles
écoulés, a reçu dans l'œuvre du Philosophe si violemment
attaqué par ses congénères et conspué par eux, la solution
jusqu'ici vainement attendue.

J'ai présenté ici l'ensemble d'une grande doctrine. On a vu
avec quel acharnement fut poursuivi le novateur moderne par
celui qui avait la présidence de la docte assemblée. Trop prudent
pour s'attaquer à la doctrine, qui avait déjà eu tant de retentis-
sement autour de lui, c'est contre la personne même du Philosophe
qu'il se déchaîna. Il ne cacha pas même son but : le réduire par
la faim ; c'est ce qu'il déclara avec un cynisme qu'on est étonné
de trouver chez celui qui occupait dans l'opinion une si haute
position. Moins prudent, plus inconsidéré, est celui qui, se
faisant l'écho de ce qui se dit ou de ce qu'on pense autour de lui,
à ses haines privées, ajoute celles d'un monde qui se sent frappé
dans son crédit par l'avènement d'une doctrine permettant
désormais d'établir les responsabilités et de porter sur les valeurs

personnelles un jugement motivé. C'est M. Bertrand, secrétaire perpétuel de l'Académie des Sciences, qui déverse aujourd'hui l'injure sur le Philosophe qu'entourent le respect et la considération générale. C'est sa grande œuvre qu'il juge d'un mot et qu'il voue au mépris d'un public qui n'est point désabusé encore des déclamations académiques. Un mot d'abord sur le personnage.

M. Bertrand fut reçu à l'Ecole polytechnique en 1839, par M. Comte lui-même. Voici ce qu'on trouve dans ses notes d'examen : « Quoique sensiblement inférieur à ce que j'en avais espéré, et d'ailleurs déjà gâté par la flatterie et la suffisance, il a cependant, à en juger par ce seul examen, témoigné une véritable force intellectuelle et une très remarquable justesse. Il montre surtout une très heureuse aptitude à l'enseignement ; s'il peut devenir assez sévère envers lui-même et ne plus viser, mal à propos, à un vicieux étalage d'instruction supérieure. Décidément il y a là l'étoffe d'un esprit supérieur, *s'il n'avorte pas par excès de culture et surtout d'encouragement.* » Si M. Bertrand acceptait les compliments d'une note qu'une indiscrétion blâmable a mise au jour, il ne pouvait être disposé à en accepter la fin. Le jugement de l'examinateur s'est-il vérifié ?

Nous avons dit par quelle perfidie M. Duhamel, l'oncle de M. Bertrand, endormit M. Comte, lors de la vacance, en 1848, de la place d'examinateur à l'admission, quand son ancien élève, M. le général de Lamoricière, étant ministre de la guerre, n'avait rien à lui refuser. Après la retraite du général, un autre fut promu à la place restée vacante. Cet autre fut M. Bertrand ! Pouvait-il ignorer la conduite de son oncle en cette occasion ? Elle fut aussi magnanime que les intentions qu'il prêtait à M. Arago à l'égard de M. Comte.

M. Bertrand a consacré à Auguste Comte deux articles, l'un dans le *Journal des Savants*, à la date de novembre 1892, l'autre dans la *Revue des Deux-Mondes*, du 1er décembre 1896.

Sous prétexte d'analyser un travail du Révérend Père Gruber, c'est une exécution en règle d'Auguste Comte qu'y poursuit M. Bertrand. On ne saurait avec plus d'habileté altérer la vérité et les faits. Il faut surmonter le dégoût qu'inspire une pareille machination, pour consentir à l'analyser. Le R. P. Gruber est un fervent

catholique, sa foi est profonde, il n'entend faire aucune concession pouvant l'infirmer. Mais son livre est écrit avec mesure ; on
ne peut douter, en le parcourant seulement, qu'il ne professe un
grand respect pour la personnalité d'Auguste Comte, qu'il n'ait
été frappé de la grandeur de son œuvre. Ce qu'il avance, il l'a
trouvé dans la notice d'un disciple consciencieux, M. le Docteur
Robinet, dans les pièces justificatives qui y sont annexées, dans
les lettres du Maître et dans les faits les mieux établis, dont
l'authenticité ne saurait échapper à personne. M. Bertrand écrit,
dit-il, de mémoire. Il interprète à sa manière le livre du
Révérend Père. C'est ainsi que lorsque celui-ci attribue la
disgrâce d'Auguste Comte, à l'Ecole polytechnique, à ses protestations contre l'enseignement qu'on y donne, à la façon dont il
combattait l'anarchie mentale qui y règne, toutes choses qui le
faisaient mal venir auprès des savants, M. Bertrand ose cependant
affirmer que tout cela n'a agi ni *directement* ni *indirectement* sur
les décisions qui ont pu attrister la fin de la vie du Philosophe.
Quand le Révérend Père ajoute qu'Auguste Comte avait en horreur
l'enseignement mathématique tel qu'il est donné, bien entendu,
de nos jours, négligeant complètement la pensée pour ne s'arrêter
qu'aux formules, qu'aux calculs, M. Bertrand affirme que cette
opinion n'a jamais été celle du Philosophe. Ce n'est certainement
ni à M. Poinsot, ni à Navier, ni à Fourier que s'adressaient ses
reproches, il savait combien ces savants étaient au-dessus de
leur coterie, par leur esprit et par leur moralité. M. Bertrand
n'est donc pas autorisé à se couvrir d'eux pour combattre un
jugement généralement accepté de nos jours. M. Comte n'a,
dit-il, jamais rencontré aucune antipathie parmi ses camarades,
pas plus que parmi les personnages illustres qu'a fournis l'Ecole.
Mais ce que ne dit pas M. Bertrand, c'est que parmi ces hommes,
il y avait tout l'entourage d'Arago, les Mathieu, les Liouville, etc.,
qui avaient épousé les haines de l'astronome et juré la perte du
Philosophe. On peut avoir la preuve de ce qui est avancé ici dans
les mémorables lettres adressées par M. Comte à M. le maréchal
Soult, ou à M. le général de Lamoricière, son ancien élève. C'est
aussi en vain que M. Bertrand voudrait nous faire croire,
contrairement à ce que dit le Révérend Père Gruber, que la fameuse

Préface du tome sixième de la *Philosophie positive* n'a point déchaîné contre le Philosophe les haines d'Arago.

La réélection annuelle des examinateurs d'admission (il n'y avait de soumis à cette formalité qu'Auguste Comte, les autres examinateurs étant inamovibles), qui n'avait été jusqu'alors qu'une pure formalité, maintenant l'examinateur antérieurement nommé, fut à cette occasion influencée, dit toujours M. Bertrand, par l'indignité présumée de l'un des prédécesseurs d'Auguste Comte, et non par la pensée d'atteindre personnellement ce dernier. La préface personnelle fut seulement considérée ici comme une sorte d'invitation du Philosophe d'avoir à se prononcer sur la question de la réélection, que le Conseil de l'Ecole ne laissa pas tomber. M. Bertrand ne compte-t-il pas ici un peu trop sur la crédulité de ses lecteurs ? M. Comte, ajoute-t-il, ne fut pas nommé ; mais en tout cela, dit l'académicien, M. Arago ne fut pour rien. — Les faits sont là pour prouver le contraire.

Cet homme que le Conseil vient de chasser de l'Ecole polytechnique était pourtant, au dire même de M. Bertrand, un examinateur modèle. Voici ses propres paroles : « Nommé examinateur en 1837 (il ne dit pas que ce fut à la recommandation de Dulong, alors directeur des études à l'Ecole), Comte se montra pendant sa première tournée excellent à tous égards, très patient, très attentif, très rigoureux ; ses questions imprévues semblaient couler de source. Non seulement il jugeait bien, mais il savait rendre évidente pour tous la faiblesse ou la force des esprits qu'il éprouvait. N'est-ce point là le portrait d'un homme supérieur par le cœur et par l'esprit, que nous fait M. Bertrand ? Si la question d'inamovibilité s'était posée après cette première épreuve, personne n'eut hésité à assurer pour toujours à l'Ecole le meilleur examinateur dont on eut souvenir. Professeurs et élèves s'accordaient à lui reconnaître au plus haut degré les qualités d'un excellent juge. On citait même un colonel d'artillerie qui, ayant assisté aux examens dans l'une des premières villes de sa tournée, le suivit dans la ville suivante, attiré seulement par le désir de l'admirer plus longtemps. L'influence sur l'enseignement fut des plus heureuses, et dès l'année suivante les professeurs trouvèrent dans l'étude des questions de Comte,

soigneusement recueillies, d'utiles exercices pour les élèves.....
La mission de Comte fut renouvelée six fois. »

Après les éloges, voyons l'éreintement ; qu'on me pardonne le
mot. Cet examinateur modèle, ce *rara avis*, avait pourtant un
défaut : c'est que les questions qui n'appartenaient pas au cours
se présentaient souvent les mêmes, et les élèves préparaient ses
colles comme ils préparaient le cours. Il y avait là de la part du
Conseil de l'Ecole à avertir l'examinateur. On pouvait y trouver
motif à élimination. — Est-ce M. Bertrand qu'on nous donne
pour un homme d'esprit ? — D'ailleurs, ajoute-t-il, les professeurs
libres éprouvaient des surprises ! l'enseignement de Comte leur
paraissait trop sortir des errements habituels. Il est certain qu'ils
étaient, en quelque sorte, dépaysés. Le grand esprit mathématique des siècles passés, que l'examinateur cherchait à relever,
n'était guère goûté d'eux ; leurs habitudes étaient souvent
bouleversées, il fallait de leur part un surcroît de travail,
d'études. Ils protestèrent. On exigeait trop de leur intelligence.
Un pareil examinateur devenait gênant. N'est-ce point, comme
l'a si souvent dit Auguste Comte, la médiocrité paresseuse et
intrigante se soulevant contre les maîtres ?

Un autre article de plaintes peut être justement allégué, au
dire aussi naïf de M. Bertrand. Le Révérend Père Gruber le
passe, dit-il, sous silence : « Les collègues de Comte et ses
prédécesseurs avaient presque tous publié des ouvrages élémentaires, dont l'étude s'imposait aux candidats. Comte avait autrefois
flétri cet abus avec une mordante ironie, il n'ignorait pas que le
désir d'éviter à l'avenir un tel inconvénient avait été pour
beaucoup dans la décision prise de soumettre les examinateurs à
une réélection annuelle. Il écrivit cependant un traité de Géométrie analytique et annonça la publication..... Il se souvenait
que la publication d'un traité d'Arithmétique par l'examinateur
Reynaud lui avait paru un scandale, il lui semblait que celle du
traité de Géométrie analytique par *l'examinateur Comte* serait un
service rendu à l'enseignement. »

C'est dans une correspondance privée, qui certes n'était pas
destinée à voir le jour, qu'Auguste Comte, jeune encore, se
prononçait sur la valeur du traité d'Arithmétique de Reynaud.

Avait-il tort ? Jamais ouvrage plus insuffisant, plus éloigné de l'esprit de la véritable science du nombre n'avait été imprimé. « Deux de ses collègues d'ailleurs, ajoute M. Bertrand, avaient publié des traités de Géométrie analytique, parvenus à la huitième, à la dixième édition, pourquoi ne ferait-il pas comme eux, lorsque, sans une grande présomption, il avait droit de dire qu'il ferait beaucoup mieux ? » Il y a là une pointe d'ironie. Voyons si elle est justifiée.

M. Comte, en dehors de la grande mission philosophique qu'il s'était assignée, s'était aussi donné pour but de relever l'enseignement mathématique, dont l'état présent pouvait justement lui paraître défectueux. M. Bertrand a reconnu précédemment que son influence sur l'enseignement, comme examinateur, fut des plus heureuses. Les lecteurs de sa Géométrie analytique, qui est, de nos jours, dans toutes les mains, soit en France, soit à l'étranger, ont-ils trouvé qu'il y avait présomption de sa part à croire qu'il ferait mieux que ses collègues ? Les livres de ceux-ci, parfaitement tolérés, pouvaient autoriser M. Comte à penser qu'il pourrait s'élever au-dessus des exigences d'une coterie qui, certes, nous osons l'affirmer, ne pouvait encore comprendre toute la portée, toute l'importance de sa publication. Avait-il tort de vouloir s'affranchir de la tutelle de ceux qui se montraient si disposés à le tenir en laisse ?

La publication de la Géométrie analytique, ou plutôt de la Géométrie générale d'Auguste Comte, que M. Bertrand le sache bien, fut un événement dans les annales mathématiques. Pour la plupart des géomètres du jour et pour M. Bertrand comme pour eux, la géométrie analytique n'est encore qu'une application de l'algèbre à la géométrie. Personne dans l'enseignement actuel n'avait compris la grande innovation faite par Descartes dans les sciences mathématiques. C'est là une véritable préparation ou invitation à l'institution du calcul infinitésimal. Descartes préparait Leibnitz. C'est ce qu'Auguste Comte a voulu montrer.

Si les amis d'Auguste Comte craignaient pour lui que la publication de son traité ne fut auprès de ses juges motif à exclusion, c'est qu'ils n'avaient pas eux-mêmes compris toute la portée de l'œuvre annoncée, ou qu'ils avaient le sentiment de l'insuffisance et de l'indignité de leurs collègues. M. Comte n'était-il pas plus qu'excusable, étant donné le but qu'il voulait atteindre, le relèvement de l'enseignement et de l'esprit mathématiques, de ne point subordonner la publication d'un traité aussi important au jugement de gens dépourvus de toute portée philosophique ? Quelle qualité pouvait avoir pour le juger un professeur de littérature ou d'allemand qui figurait avec voix délibérative dans les Conseils de l'Ecole ? N'était-il pas fondé à demander ironiquement qu'on y adjoignît les maîtres de danse ou d'escrime. C'est de ce personnel panaché, qu'on me permette le mot, il est de l'époque, qui constituait le suprême tribunal, que le plus grand philosophe contemporain devait attendre la décision qui pouvait le réduire à mourir de faim. M. Bertrand devient plus que plaisant.

La chaire d'analyse était devenue vacante en 1840, à la mort de Poisson. M. Comte plus que personne y avait des droits. Son cours, à la mort de Navier, avait suffisamment montré sa valeur comme professeur et ses qualités didactiques. On lui préféra M. Sturm. Loin de nous la pensée de contester la valeur de M. Sturm comme savant ; mais, était-ce un professeur ? Ce n'était certes pas avec lui qu'on pouvait se faire une idée du calcul infinitésimal. Qu'on compare le programme du cours qu'il fit pendant plusieurs années à l'Ecole polytechnique à celui qu'y professa quelques années auparavant Auguste Comte. M. Sturm était l'auteur d'un grand nombre de mémoires, il était connu surtout par le théorème qui porte son nom. Pouvait-on en vouloir à M. Comte de considérer ce théorème comme une modification apportée à la théorie donnée sur le même sujet par Fourier, dans l'intimité duquel vécut longtemps M. Sturm ? Le nouveau professeur, dépourvu de toute portée philosophique, était certes incapable, ce qui importait cependant, de montrer la filiation de Descartes à Leibnitz, si nécessaire à l'intelligence du calcul infinitésimal. M. Arago, dont la main est partout, avait déclaré qu'Auguste Comte n'avait aucun titre mathématique, ni grand ni petit ; que le choix de M. Sturm, membre de l'Académie des sciences, s'imposait en quelque sorte. M. Comte, il est vrai, n'avait produit aucun mémoire, cela suffisait pour justifier la préférence accordée à M. Sturm.

Si celui-ci était dépourvu de toute portée philosophique, M. Arago en était-il mieux pourvu ? Ses facultés de langage, allant souvent jusqu'à la faconde, lui avaient préparé la plupart de ses succès.

M. Bertrand, fouillant toujours dans la correspondance privée de M. Comte et de son camarade M. Valat, trouve étonnant qu'il lui ait écrit que, de mémoire d'homme, il n'y a pas eu à l'Ecole polytechnique un aussi mauvais enseignement mathématique, *même du temps de Cauchy*, que celui de son concurrent préféré. M. Comte était répétiteur à l'Ecole et en cette qualité il pouvait voir, d'après les élèves qu'on lui donnait à examiner, ce qu'il en était de cet enseignement (1).

Enfin le sacrifice est consommé, M. Arago triomphe, il peut se venger de ses déboires au Tribunal civil de la Seine, le Conseil de l'Ecole retire à M. Comte sa position d'examinateur à l'admission. Nous avons rappelé la noble conduite de M. le maréchal Soult en cette occasion, les félicitations qu'il adresse à l'examinateur déchu, qu'il ne peut maintenir parce qu'un règlement défectueux s'y oppose. Il qualifie de déni de justice la conduite du Conseil de l'Ecole à l'égard d'Auguste Comte. M. Bertrand, au contraire, ne dit rien de la part que prit Arago à cette exclusion. Qu'il ne cherche pas davantage à le tenir dans la coulisse ; son action est ici connue, comme à l'Académie, elle est

---

(1) A ceux qui, comme M. Arago, font passer les titres mathématiques avant la capacité philosophique, dont aucun professeur ne saurait être dispensé, même en mathématique, qu'on nous permette de citer la belle lettre de Lagrange à d'Alembert, que donne M. Arago lui-même dans sa préface aux œuvres de Condorcet : « Il me semble que la mine est déjà trop profonde et qu'à moins qu'on ne découvre de nouveaux filons, il faudra tôt ou tard l'abandonner. La physique et la chimie offrent maintenant des richesses plus brillantes et d'une exploration plus facile. Aussi le goût du siècle paraît-il entièrement tourné de ce côté-là. Il n'est pas impossible que les places de géométrie, dans les académies, deviennent un jour ce que sont actuellement les chaires d'arabe dans nos universités. » C'est après la fondation de la mécanique analytique et l'institution du calcul des variations, que Lagrange ose s'exprimer ainsi.

Chaque siècle a en quelque sorte sa mission. Quand une société est en plein désarroi, quand il s'agit de lui donner de nouveaux moyens de direction, le génie des novateurs doit-il s'attarder en des travaux spéciaux ? Auguste Comte devait-il perdre son temps à écrire des mémoires ? Sa haute capacité mathématique, dont personne ne doutait, ses aptitudes didactiques n'étaient-elles pas suffisantes pour qu'on lui confie une chaire de mathématiques à l'Ecole polytechnique, surtout après le cours qu'il y avait fait ?

toujours prépondérante. Malheur à qui voudrait secouer le joug ; plusieurs qui l'ont tenté ont succombé.

En 1848, M. Comte, dit M. Bertrand, eut le désir et l'espoir de reprendre les fonctions d'examinateur d'admission. Le titulaire se retirait accablé par la maladie. M. Arago était alors ministre de la guerre *par intérim*. M. Bertrand voudrait nous faire croire que M. Arago désirait la présentation de M. Comte ; qu'il ne lui déplaisait pas *de se montrer magnanime*. Après les terribles journées de juin, le Ministère de la guerre passa aux mains du général de Lamoricière. Aucune nomination à la place vacante n'avait eu lieu dans l'intervalle des deux ministères. M. Comte avait tout à espérer du général, qui avait été, on le sait, son élève. Sa nomination était donc assurée. Nous avons dit par quelle perfidie M. Duhamel, l'oncle de M. Bertrand, endormit M. Comte. M. de Lamoricière cessa peu après d'être ministre et le Conseil qui, au dire de M. Duhamel, alors directeur des études, était si bien disposé pour M. Comte, présenta un tout autre que lui. Ce fut, nous l'avons dit aussi, M. Bertrand qui fut nommé. M. Arago, qui exerçait toujours la même influence sur le Conseil de l'Ecole, avait donc cessé de vouloir se montrer magnanime.

Faut-il parler ici de ce qui me fut raconté par M. Comte lui-même en cette occasion ? C'est le jugement de la postérité qu'il faut préparer. Après la chute de M. Arago, M. Comte, mû je ne sais par quel sentiment de convenance, crut devoir lui rendre visite à l'Observatoire. La conversation tomba naturellement sur les événements du moment, sur les grandes questions alors agitées. Le philosophe sortit, dit-il, écœuré par le scepticisme de M. Arago. L'Humanité, lui dit celui-ci, qui peut s'occuper de tout cela ! Que M. Bertrand me permette donc de n'être pas trop convaincu des dispositions magnanimes de M. Arago.

En 1852, dit encore M. Bertrand, on enleva à M. Comte sa dernière ressource, il ne fut pas réélu répétiteur. Le cœur se soulève en lisant les motifs allégués pour procéder à cette exécution. M. Comte, à partir de ce moment, n'eut plus aucune relation avec l'École polytechnique. Après la publication d'un nouveau *factum* de M. Bertrand dans la *Revue des Deux-Mondes*, un journal, *Le Temps,* je crois, écrivait que ce sera une éternelle honte pour l'Ecole polytechnique d'avoir exclu de son sein un homme de la valeur d'Auguste Comte. Depuis cette exclusion les choses ont bien pu changer, car, à propos du centenaire de la fondation de l'Ecole, un de ses plus hauts fonctionnaires m'écrivait qu'il s'honorait d'être positiviste.

— « Un amour sénile pour une jeune femme, Mme Clotilde de Vaux, a troublé plus encore que la pauvreté les dernières années de Comte », ajoute M. Bertrand. Nous reviendrons plus tard sur ce sujet. Qu'il me suffise de rappeler que Mme Clotilde de Vaux, quand Auguste Comte fit sa connaissance, avait trente ans et M. Comte quarante-six. Il faut que M. Bertrand ait été, dans sa vie conjugale, bien vite rendu, pour qualifier de sénile l'amour de deux êtres encore dans la plénitude de l'âge. Sait-il à quel âge Diderot connut Mlle Voland, celle à qui il consacra tout ce qui lui restait de vie ; à quel âge d'Alembert fut épris de Mlle de Lespinasse ?

Pour en finir avec l'écœurante corvée que je me suis infligée, une dernière citation de M. Bertrand. C'est, on peut le dire, le bouquet de son *factum* du *Journal des Savants* : « Entre les actes taxés de folie et les singularités qui déroutent complètement le sens commun, la ligne de séparation est mal définie. Les pensionnaires de Charenton sont nombreux ; presque tous sont plus fous qu'Auguste Comte, mais j'en ai connu qui l'étaient moins. » C'est au tribunal de la Postérité qu'il faut livrer celui qui ose parler ainsi. La Postérité, il n'y croit pas plus que M. Arago à l'Humanité. Si elle s'occupe un jour de lui ce sera pour accoler à son nom le mépris.

> *Per correr miglior acqua alza le vele*
> *Omai la navicella del mio ingegno,*

non certes pour courir de meilleures eaux, mais pour m'enfoncer dans une mer de boue et de nouveaux mensonges.

C'est contre la personne, qu'il voulait réduire par la faim, que se déchaînait M. Arago ; c'est contre une grande mémoire que s'acharne aujourd'hui M. Bertrand. Ce sont les mêmes instincts qui se trouvent en jeu de part et d'autre, surtout l'instinct destructeur. C'est toujours le monde académique qui se défend

par ses deux représentants contre un mouvement qui menace
de l'emporter. Faut-il rappeler que le coup qui frappa le novateur
et hâta sa mort, s'il ne la provoqua, partit d'un milieu semblable,
que présidait l'homme à qui une stérile et funeste adhésion
laissa les apparences d'un ami. Nous croira-t-on mal inspirés,
lorsqu'au nom de la liberté, de la liberté spirituelle, nous
demandons la suppression du triple budget, académique,
universitaire et clérical ? Le grand public, celui qui a encore
des aspirations sociales, comprendra-t-il enfin que jusqu'à cette
suppression il sera condamné à s'agiter dans le vide, laissant
irrésolues une foule de questions pendantes ?

Aveuglé par la passion, c'est dès ses premiers pas dans la vie
que M. Bertrand poursuit l'homme dont la pensée seule, on le
voit bien, semble l'offusquer. Il cherche à jeter le ridicule sur ses
premières années et le présente comme un brouillon. Il va même
jusqu'à lui contester son rang d'admission à l'Ecole polytechnique, ce qui est d'ailleurs de peu d'importance. Il ne peut
cependant se dispenser de reconnaître, dominé par l'évidence,
que s'il se trouva souvent en hostilité avec les agents subalternes,
remplissant des fonctions inférieures à l'Ecole, il fut néanmoins toujours très respectueux pour ses maîtres ; qu'il était très
aimé de ses camarades, qui n'ont jamais vu un mime chez lui,
comme voudrait nous le faire croire M. Bertrand, sur la foi de
M. Duhamel, son oncle, camarade de promotion d'Auguste
Comte. Ses camarades ne voyaient-ils pas en lui, au contraire,
la plus forte tête de la promotion ? c'est lui qu'ils chargeaient
de toutes les besognes qui exigeaient de l'initiative, de l'intelligence et de la fermeté. *Il avait alors seize ans.*

Au licenciement de l'Ecole, contrairement à ce que dit M.
Bertrand, il ne fit aucune démarche pour y rentrer, ce qu'il eut
certainement obtenu, quoiqu'il fut très gravement compromis.
Il n'avait pas cru qu'il fut de sa dignité de le faire. Il fut alors
renvoyé dans sa famille et placé sous la surveillance de l'autorité,
qui le laissa tranquille quand on apprit qu'il était républicain et
non bonapartiste. Il profita de son séjour à Montpellier pour
suivre les cours de cette faculté. M. Bertrand nous le présente à
son retour à Paris, comme une sorte de besogneux, vivant à

peine de quelques leçons qui lui étaient payées, dit-il, à raison
de trois francs. Explique-t-il l'amitié qu'eut pour lui le général
Campredon, qui voulut lui venir en aide en le plaçant comme
instituteur chez un riche personnage pour y faire l'éducation de
son fils ? Une pareille position pouvait-elle convenir à un homme
qui sentait déjà sa valeur ? A cette sorte de domesticité qu'on lui
proposait, il préféra la misère. Il fut pendant quelque temps,
comme on le sait, secrétaire de Casimir-Perier, le futur ministre.
Deux hommes de cette nature ne pouvaient guère s'entendre.
M. Bertrand n'a pu rien comprendre à cette nature exceptionnelle, chez qui, à une trop précoce intelligence s'ajoutait un
enthousiasme parfois exagéré, où débordait une dévorante
activité. Vivant dans une société encore toute bouleversée, où
tout ce qu'il était possible d'entreprendre ne pouvait être que
provisoire, il comprit bientôt que ce qu'elle réclamait c'était une
direction. Aussi se mit-il à l'œuvre pour la constituer, avec un
juste pressentiment de l'avenir. Il alla parfois trop loin dans la
démolition de ce qui restait encore debout des anciens préjugés,
dont il ne reconnut que trop tard toute l'importance, pour
suppléer aux dogmes épuisés. Il les foula aux pieds en certaines
occasions. Telle fut, comme il l'avoue, la principale cause de la
seule faute vraiment grave de sa vie : son funeste mariage.

Il est de ces organismes, fort rares assurément, où tout
déborde : sentiment, intelligence, activité, qui passent par toutes
les péripéties d'une existence souvent fort agitée, et qui ne
trouvent que plus tard leur voie. C'est ce qu'on a appelé leur
chemin de Damas. Les contacts du jeune penseur et d'un homme
fort remarquable, M. l'abbé de Lamennais, arrachèrent à celui-ci
un mot, alors parfaitement juste : c'est une belle âme qui ne sait
où se prendre. Il eut fallu au haineux académicien que nous
réfutons, pour comprendre l'homme contre lequel il se déchaîne,
ce qu'il n'a pas : une connaissance du cœur humain, qu'on ne
cultive guère chez ses collègues.

Mais qu'on me permette une digression. Il y a dans notre
histoire un type presqu'aussi exceptionnel que celui du novateur
moderne, que les historiens ont bien mal jugé, on peut le dire,
sauf un seul peut-être, M. Michelet. C'est notre Louis XI. La

prodigieuse activité, qu'on trouve chez lui dès ses premières années, le met en hostilité avec le triste entourage de son père et le pousse même à la révolte. Sa rare et précoce intelligence lui montre bien vite ce qu'il avait à attendre d'un tel milieu. On lui conteste la bonté. L'amour dont il entoura sa mère, victime d'une cour immorale, l'attachement qu'il témoigna à des personnalités socialement inférieures, quand elles surent mériter sa confiance, prouvent que c'est à tort. En comparant entre eux certains de nos grands types historiques, le moraliste peut relever une grande loi, que la physiologie humaine et aussi celle des animaux semblent confirmer, c'est que nous sommes enfants plus de nos mères que de nos pères.

Notre grand historien national nous montre la filiation naturelle de Louis XI par Yolande d'Anjou, qui nous donna Jeanne d'Arc, qui fut, soit dit en passant, l'objet d'un culte pour son petit-fils, celle de Henri IV par la gracieuse Marguerite d'Orléans et Jeanne d'Albret, celle de saint Louis par Blanche de Castille. Les grands hommes n'ont eu souvent que des fils indignes d'eux. Ceux qui ont connu Mme Comte mère, et j'ai été assez heureux pour recueillir par moi-même, sur elle, de précieux renseignements de personnes qui ont vécu dans son intimité, s'accordaient à dire qu'elle était pourvue d'une surprenante activité pour son âge et d'une tendresse sans bornes pour son fils, dont elle reconnaissait toute l'élévation de cœur. M. Littré, qui la vit à Paris pendant la maladie de son fils, a constaté tout cela. Il est à regretter, soit dit en passant, que la filiation paternelle soit seule rappelée dans nos usages ; la filiation maternelle, si elle pouvait être suivie, nous révèlerait une grande loi de l'hérédité. Peut-être trouverait-on qu'un grand homme est le produit d'une succession de femmes distinguées.

Mais revenons à M. Bertrand, nous l'avons placé par cette digression sur un terrain qui certes n'est pas le sien.

M. Bertrand mérite-t-il une grande confiance lorsqu'il affirme dans son second factum qu'il écrit de souvenir et sans aucun document sous les yeux ? Il est facile cependant de voir, malgré toutes les précautions qu'il prend pour faire croire le contraire, que, sauf pour le récit de ce qui s'est passé au sein du Conseil de l'Ecole polytechnique, et qu'il arrange, comme on l'a vu, à sa manière, il avait pour tout le reste, en sa possession, tous les documents qui pouvaient le renseigner; qu'il les a étudiés soigneusement et qu'il s'est appliqué à les fausser, à les dénaturer.

Plusieurs de ces documents avaient été publiés par des positivistes, soit d'après la volonté d'Auguste Comte, soit d'après les recherches pieuses de ses disciples, auxquels il avait été recommandé que tout fut mis au jour sans rien dissimuler. S'ils ont dit toute la vérité, ils ne veulent pas qu'elle soit altérée par d'autres et sont bien décidés à la défendre contre les procédés d'un homme haineux, qui veut se venger d'avoir été bien jugé. Le prétendu témoin de ce qui s'est passé ne saurait donc être cru sur parole. A ses haines personnelles se sont ajoutées les haines académiques dont il s'est fait l'écho, bien sûr qu'il est de ne pas être désavoué par des collègues déchaînés contre une doctrine qui flétrit l'esprit dont leur coterie est animée.

Nous avons vu déjà M. Bertrand cherchant à jeter le ridicule sur les premiers actes de la vie du grand novateur, lors de son passage à l'Ecole polytechnique ; nous le voyons encore le laissant responsable d'une tentative de suicide d'un homme qui abusa de sa jeunesse, le fameux Saint-Simon. C'est sur la foi d'un ennemi, M. Pierre Le Roux, qu'il ose affirmer cela. Dans la notice de M. le Dr Robinet (1) et dans l'œuvre même du philosophe, il peut s'édifier sur les relations du prétendu maître et de celui qui, dans l'enthousiasme de la jeunesse, l'avait accepté comme tel, sans jamais, de son aveu même, lui devoir la moindre idée. Si M. Mortimer-Ternaux mit à la disposition de M. de Saint-Simon certaines sommes, c'était pour assurer la publication des articles du jeune penseur, dont la haute portée philosophique l'avait frappé. Jamais M. Comte ne toucha un seul denier de ces fonds. Nous devons rappeler que c'était en reconnaissance de la généreuse protection du grand industriel, qu'il s'était proposé de lui dédier le 4e volume de sa *Synthèse subjective*, volume qui devait paraître, comme nous l'avons dit, sous ce titre : *De l'action de*

----

(1) *Notice sur l'Œuvre et la Vie d'Auguste Comte*, troisième édition, augmentée de pièces justificatives et entièrement refondue : in-8° de 600 pages, Paris 1891, rue Monsieur-le-Prince, 10.

l'homme sur sa planète. M. Bertrand, qui a lu la notice du
Dr Robinet, aurait pu être plus véridique dans ses affirmations.

Nous ne reviendrons pas sur ce que nous avons dit concernant
la lutte académique, à la suite de laquelle Auguste Comte fut
inexorablement exclu de l'Ecole polytechnique. M. Arago voulait
le réduire par la faim et, sans le concours de quelques généreux
adhérents à son œuvre philosophique, il serait arrivé à son but.
M. Bertrand a tout arrangé à sa guise et donné à la lutte un
caractère assez anodin. C'est l'orgueil de l'examinateur à l'admission, c'est son caractère qui ont rendu nécessaire son
éloignement.

L'œuvre de seconde vie n'a pu trouver grâce devant M.
Bertrand ; il n'a pu en continuer la lecture, il a rejeté loin de lui
les volumes que quelques-uns ont eu la faiblesse d'admirer. C'est
au jugement de M. Renan, son collègue à l'Académie française,
qu'il fait appel. Quelle qualité avait donc M. Renan pour porter
un jugement en pareille matière ? Etranger, comme son collègue,
aux sciences de la vie, ne croyant pas, comme lui, à l'existence
de lois sociales, mais croyant encore à Dieu, qu'avons-
nous à faire de ce qu'il pourrait dire ou ne pas dire d'une œuvre
dont l'immensité devait forcément lui échapper. Depuis longtemps
la mémorable Ecole de Thubinge a fait justice de la *Vie de Jésus*
et de l'œuvre de M. Renan, véritable roman à sensation, auquel
le clergé catholique, bien mal inspiré, a fait un succès en faisant
sonner ses cloches.

M. Bertrand a cru que sa haute position académique suffirait
pour mettre les rieurs de son côté. S'adressant à un public
toujours incompétent en matières scientifiques, et surtout mathématiques, il a pensé que le secrétaire perpétuel de l'Académie
des sciences serait écouté et approuvé sans appel. Les titres
mathématiques d'Auguste Comte, il ne les connaît pas, il n'est
l'auteur d'aucun théorème algébrique, il n'a résolu aucune
intégrale définie. Il regrette que son prédécesseur Arago n'ait
pas, ainsi qu'il l'avait promis, exécuté l'outrecuidant philosophe,
comme il a exécuté M. de Pontécoulant, je ne sais à propos de
quoi. La menace de M. Arago n'eut d'autre effet que d'imposer
à l'éditeur de la Philosophie positive une note injurieuse pour

l'auteur, ce qui valut à l'éditeur en question une condamnation à des dommages, au Tribunal civil de la Seine. M. Arago savait qu'il avait devant lui un adversaire ayant bec et ongle, autrement bien posé dans l'opinion que l'honorable M. de Pontécoulant ; aussi a-t-il été prudent.

M. Bertrand, qui l'est moins, s'acharne dans son article contre quelques inexactitudes de rédaction, qu'il trouve dans certain chapitre du volume initial de la philosophie positive, relatif à la mécanique rationnelle. Fera-t-il croire, par exemple, à ses lecteurs compétents, qu'Auguste Comte ait pu méconnaître toute la portée de la belle théorie de d'Alembert, qu'il ait eu tort d'y trouver une confirmation et une généralisation de la loi de Newton sur l'équivalence de la réaction à l'action, l'une des bases de la mécanique rationnelle. Fera-t-il croire qu'on ne puisse considérer la grande loi de la persistance du mouvement, autre base de la mécanique rationnelle, comme résultant de la loi de Képler relative aux aires? Qui peut donc reprocher à Auguste Comte d'en faire hommage à Képler lui-même ? C'est par un raisonnement spécieux qu'il arrive à dire, à quelque chose près, qu'Auguste Comte n'a rien compris à la théorie des forces vives. Si M. Bertrand n'a vu dans la grande rénovation cartésienne qu'une application de l'algèbre à la géométrie, comment être étonné qu'il ait, dans un cas décisif, confondu le calcul des valeurs et celui des relations? Comment n'a-t-il pas vu que toute série, qu'elle soit convergente ou divergente, peut être introduite dans tout calcul de nature algébrique, sans se préoccuper de son degré de convergence ?

Il n'a pas compris non plus, et la méditation de Lagrange eut pu le lui suggérer, que le degré d'indétermination qui existe dans toute expression algébrique laisse toute latitude pour la généralisation des conceptions et pour les applications qu'on peut en faire. M. Bertrand, nous le répétons, est secrétaire perpétuel de l'Académie des sciences, pour la section mathématique. C'est un intégraliste, c'est-à-dire un calculateur sans pareil. Que nous n'ayons donc pas l'air de lui faire la leçon, nous l'un des très humbles disciples d'un maître qui, nous osons le dire, n'a pu être jugé encore. M. Bertrand sait-il que si la loi féodale déclarait qu'on ne doit être jugé que par ses pairs, l'Eglise catholique, dans sa profonde connaissance du cœur humain, proclamait de son côté qu'on ne peut l'être équitablement que par ses supérieurs ? Aristote ne l'a pas été de son temps.

M. Bertrand s'érigeant ici en supérieur, nous nous attendions à ce qu'il portât un jugement sur le traité de philosophie mathématique, premier volume de la *Synthèse Subjective,* œuvre malheureureusement inachevée. Qu'il permette à un disciple, qu'il trouvera sans doute bien enthousiaste, d'avoir vu dans l'auteur de ce mémorable traité le législateur de la science du nombre, de l'étendue et du mouvement. Si maintenant, autour des trois grands noms de Descartes, de Leibnitz et de Lagrange, on peut condenser tout le mouvement mathématique des temps modernes, qu'on nous permette encore de leur adjoindre celui du maître du savoir, du *maestro di color che sanno,* dirait Dante.

M. Bertrand et tant d'autres, aussi prévenus que lui, reprochent à Auguste Comte un profond orgueil. Mais cet orgueil, que physiologiquement nous qualifions de besoin d'élévation, qui ici n'est que de la dignité, n'a jamais comprimé en lui aucun sentiment élevé, privé ou public. Infirmité chez les natures inférieures, stimulant puissant dans les grandes natures. Sait-on bien ce que pense saint Bernard lui-même de ce stimulant ? On ne pourrait rien faire de grand, dit-il, si l'on n'avait le sentiment de sa valeur. Auguste Comte pouvait-il ne pas connaître la sienne ? Que de gloires éclipsées dans les doctes. assemblées, qui se décernaient cependant l'immortalité !

Après avoir cherché à atteindre l'homme dans sa vie philosophique et publique, c'est maintenant sur sa vie privée que M. Bertrand va jeter sa bave. De la charmante et honnête femme à laquelle le novateur moderne consacrait une unique année d'une existence bien tourmentée, il va faire une vulgaire maîtresse, détournée de sa famille et jetée dans un modeste réduit. M. Bertrand, quoiqu'il ait dit, avait cependant sous les yeux toute une correspondance où la vie de deux êtres que la mort même n'a pas séparés se trouve relatée dans ses moindres particularités. Après avoir lu les mémorables lettres qui nous ont été pieusement conservées, et qui certes, lorsqu'elles ont été écrites, n'étaient point destinées à la publicité, on ne pouvait croire qu'un souffle empoisonné viendrait un jour les souiller. Après les perfides insinuations à l'aide desquelles on a voulu amoindrir le philosophe, viennent s'ajouter des infamies qu'on ne s'attendait guère à trouver sous la plume d'un homme qui occupe l'une des plus hautes positions officielles. Ne dirait-on pas le racontar d'un vulgaire pipelet? En un pays où l'on trouvé encore quelques restes des anciennes mœurs, une pareille conduite ne peut être qualifiée que très sévèrement. Atteindre une femme dans sa réputation est déjà une lourde faute ; c'est une lâcheté quand on a sous les yeux la preuve du contraire de ce qu'on avance. Si nous étions invités à tout imprimer, à tout faire connaître, sans rien altérer, je le répète, nous avions aussi mission de repousser toutes les calomnies et de rétablir les faits dans leur vérité. Personne parmi nous n'a manqué ou ne manquera à cette obligation.

Pour l'édification de ceux qui ont lu le dernier *factum* du haineux académicien, qu'il me soit permis d'ajouter encore quelques mots sur la vie de celui qui se recommande autant par l'élévation de ses sentiments, par sa véracité, que par la puissance de son génie.

Ce philosophe austère, que chacun abordait avec un sentiment de respect, était, avons-nous dit, le plus tendre des hommes. Sa loyauté, sa franchise étaient connues de tous. M. Bertrand veut en faire cependant dans les premières années de sa vie un vulgaire libertin, coureur de filles. C'est dans sa correspondance privée avec un jeune camarade, à qui l'on peut tout dire, tout confier, qu'il relève certains faits d'une jeunesse qui, comme celle de tous les hommes de son temps, et plus encore d'aujourd'hui, manqua de direction, où la passion domine et entraîne à bien des écarts.

Une relation passagère, d'où une enfant serait née, va égayer la verve de M. Bertrand. Il s'agit d'une petite fille, *dont la provenance peut être douteuse*, qu'on dit avoir été abandonnée. Auguste Comte avait alors dix-neuf ans. Ce fait a été encore dénaturé. En attendant l'histoire de sa vie, qui nous avait été promise, comme une véritable confession qu'il eut faite à la postérité, Auguste Comte nous a raconté, ainsi qu'il me fut d'ailleurs personnellement écrit, qu'il avait accepté, vis-à-vis de cette enfant, toutes les charges de la paternité, et que la petite vérole la lui avait enlevée à un âge encore tendre. Il faut bien tout dire, puisque M. Bertrand feint de tout ignorer.

Dans une note qui n'était pas destinée à la publicité, nous trouvons l'histoire bien triste des premières relations d'Auguste Comte, à peine adolescent, avec une femme dont l'indignité devait bien lourdement peser sur toute sa vie. Cette note nous apprend où il a rencontré Caroline Massin (ce n'était certes pas sous des lambris dorés), dans quelles déplorables conditions il la trouva. Celle qu'on appela Mme Comte n'était pas, cependant, la première venue. Fille de deux comédiens ambulants, elle s'était donnée une certaine culture. Très intelligente, fort jolie avant que la petite vérole l'eut défigurée, elle était parvenue, — même avant son mariage, pour préparer ses projets, — à faire les devoirs de mathématique que son amant donnait à ses élèves. Notre grand historien national, M. Michelet, a parlé de la *naïveté du génie*. Nous étions au temps où le sentimentalisme littéraire mettait en mouvement la corde de la femme déchue et relevée. Bien des hommes s'y sont laissé prendre. Quelques mois après le funeste mariage, le naïf époux, qui comptait sur la reconnaissance pour s'attacher sa femme, eut à compter une cruelle et première déception.

La gêne qui s'introduisit dans le nouveau ménage eut bientôt ramené la malheureuse à ses premières abitudes. Elle voulut un jour introduire sous le toit conjugal un riche protecteur. L'indignation du mari ne laissa d'autre parti à sa méprisable compagne, après quelques mois seulement de mariage, que celui de quitter un domicile qui ne pouvait convenir à ses projets. Qu'on se figure les tourments endurés par l'homme ainsi déçu, pendant les quelques mois qui s'écoulèrent entre la tentative repoussée et la fugue finale. Il perdit la tête, il fut frappé d'aliénation mentale, et cela au milieu d'un énorme excès de travail. Un an après ce qu'il qualifie de sa crise cérébrale, grâce aux soins de sa mère et grâce aussi à sa forte constitution, A. Comte était assez bien remis de la terrible crise pour reprendre, devant le même auditoire qui l'avait écouté avant la maladie, une exposition qui ne fut ainsi que suspendue. C'étaient les plus grandes illustrations scientifiques du temps qui l'entouraient de nouveau. J'ai entendu le maître raconter lui-même les tristes détails de sa maladie. Ils lui servirent à instituer la théorie de la folie, que ses disciples ont développée plus tard d'après ses indications.

Procédant toujours par insinuation, M. Bertrand voudrait savoir comment, après la crise qui faillit le priver de la raison, M. Comte a pu garder auprès de lui une femme dont il avait eu tant à se plaindre. Nous allons le lui faire savoir ; peu importe qu'il voie, dans ce que nous avons à dire, une nouvelle naïveté du grand philosophe. Tout indigne qu'est cette femme, me dit-il un jour, elle m'a rendu un service dont je dois lui rester éternellement reconnaissant. Par sa fermeté et son courage, elle m'a préservé d'aller mourir en Normandie dans un Hospice de Saint-Jean-de-Dieu, où voulaient m'envoyer, pendant ma maladie, M. de Lamennais et l'abbé Gerbet, qui devint plus tard évêque de Perpignan. Dans l'état d'esprit où se trouvait alors M. Comte, il pouvait croire qu'on n'aurait pas vu avec déplaisir disparaître celui qu'on pouvait considérer comme un terrible adversaire pour le catholicisme. Ici, Mᵐᵉ Comte mentait, et c'est ainsi qu'elle s'imposa à son mari. Mˡˡᵉ Alix Comte, sœur du philosophe, que j'ai eu l'honneur de connaître à Montpellier, a repoussé avec énergie ce mensonge d'une indigne femme, lorsque je le lui ai fait connaître. Les relations de sa mère avec M. de Lamennais, qu'elle vit, en effet, à Paris, lors de la maladie de son fils, lui avaient donné une tout autre idée du vigoureux polémiste, qui n'aurait jamais eu recours à un semblable procédé pour se débarrasser d'un adversaire, qu'il estimait d'ailleurs. — Pouvais-je, me dit à cette occasion M. Comte, qui ne fut jamais désabusé, jeter à la rue celle qui portait mon nom, dont j'avais connu les antécédents et qui, fatalement, revint à d'anciennes habitudes ? — M. Bertrand croira peu à tant de générosité ; mais l'homme en était-il capable ? Que ceux qui ont vécu dans son intimité répondent. La cohabitation sous le même toit n'entraîna aucune intimité. Quand le malheureux mari écrit que l'indigne épouse ne sut jamais mériter aucun pardon, ni même reconnaître ses fautes, ne dit-il pas, par là, quelles tentatives il ne cessa de faire pour la relever ? Jamais en effet elle ne reconnut la générosité de cet homme, jamais elle ne sut répondre à certains entraînements de bonté auxquels il se laissait aller. Enfin, après dix-sept années *d'intimes souffrances* courageusement supportées par le philosophe, Mme Comte quitta pour n'y plus rentrer le domicile conjugal, qui était devenu un enfer pour son mari.

L'homme doit nourrir la femme, avait proclamé le novateur. Cette obligation fut religieusement acceptée à l'égard de celle à laquelle pouvait être appliquée sans retour la qualification *d'indigne épouse.* Malgré l'exiguité de ses ressources, son mari lui alloua une rente annuelle de trois mille francs, puis de deux mille francs. Elle toucha cette pension jusqu'à la mort d'Auguste Comte.

M. Bertrand fait remarquer que M. Littré, qui était au courant de tout, qui connaissait jusqu'aux moindres détails de la vie de Mme Comte, ne se constitua pas moins son protecteur contre son mari. Nous ne relaterons pas les incidents du procès, où il se porta caution, pour entrer, avec Mme Comte, en possession des papiers où leur indignité à tous deux était dévoilée. Il leur convenait de faire déclarer Auguste Comte fou. Le tribunal civil de la Seine pensa autrement ; M. Littré et sa complice furent déboutés.

M. Comte vivant loin du monde, comptant sur l'indifférence que l'on porte ordinairement à Paris aux choses de la vie privée, a pu croire que le secret qu'il nous fait connaître dans une note spéciale de son testament resterait étouffé. Ce n'est qu'à l'occasion de son procès contre Arago, qu'il eut la preuve du contraire. Mais M. Littré, initié à tous les antécédents de la vie de M. Comte, à tous les détails de sa maladie cérébrale, ne pouvait se faire aucune illusion à cet égard, ni ignorer les conditions de son funeste mariage. Pouvait-on, dès lors, le prendre pour un juge irréfragable et accorder créance à ses calomnies privées, surtout à son odieux libelle *Auguste Comte et la Philosophie positive,* écrit en collaboration avec Mme Comte ?

Pour en finir avec cette triste histoire, nous rappellerons

encore que ce fut au milieu de tous ces déchirements domestiques que furent écrits, de 1830 à 1842, les six volumes du cours de Philosophie positive. L'auteur n'avait point oublié, au milieu de ses tourments, la mission qu'il s'était assignée au début de sa carrière.

Le calme est rétabli dans cette existence jusqu'ici bien agitée, le grand novateur va continuer son œuvre. Peut-il douter du jugement de la postérité ? N'a-t-il pas suffisamment expié la faute de sa première jeunesse, qui pesa si lourdement sur toute sa vie ? Dans ce long martyre, si dignement enduré, si généreusement accepté, qui ne voit toute la magnanimité de son âme et l'inépuisable bonté d'un cœur qu'on crut toujours fermé ? Après cette cruelle épreuve, rien ne saurait désormais nous surprendre dans cette existence que la souffrance a épurée, où le sentiment n'a pu être étouffé, à laquelle l'amour, ce suprême régulateur, va fournir un nouvel aliment, un but à l'activité ! Sur la base philosophique qu'il a construite va s'élever, avons-nous dit, une religion ; au philosophe va succéder le novateur religieux, l'émule de ses deux grands prédécesseurs dans l'œuvre de la rédemption humaine, de saint Paul et du grand Mahomet, encore si peu connus des Occidentaux. C'est dans une sainte affection qu'il trouvera les inspirations qui conviennent à sa mission.

M. Bertrand, nous le répétons, avait sous les yeux toute une correspondance et des documents qui, il le sait, n'étaient pas destinés à l'impression, lorsqu'ils furent écrits. Comment donc a t-il pu par ses insinuations, nous le dirons encore, salir la réputation d'une femme dont les malheurs, la noble résignation, les talents, commandaient le respect ? Comment a-t-il pu se méprendre sur les sentiments réciproques de deux êtres que rapprochait une communauté d'infortune, qui étaient faits pour se comprendre, pour s'estimer, s'aimer enfin. Si l'amant, dans un moment d'exaltation, a pu désirer ce qu'on ne pouvait lui accorder, que n'a-t-il tenté pour se faire pardonner ce moment d'oubli et arriver enfin à entourer les relations établies d'une pureté qui devait en garantir la continuité ! Minée par un mal qui ne pardonne jamais, c'est son reste de vie que lui confie son amie, c'est dans ses bras qu'elle meurt, dans ce modeste appartement où il n'a pénétré que lorsque la maladie l'y a appelé, en l'assurant qu'elle a souffert *sans l'avoir mérité*. M. Bertrand n'était pas fait pour comprendre de pareilles choses. Il lui manquait ce qui ne s'acquiert pas, quand on ne l'apporte pas avec soi en venant à la vie. La grâce suffisante, pour me servir de l'expression des théologiens, c'est-à-dire la délicatesse morale, n'existant pas en lui, pouvait-il s'élever à la grâce efficace, fruit de l'éducation et de la culture ?

Que nous importe les propos d'un frère, dont il nous fait le triste portrait. N'avait-il pas avant tout, ce frère, à défendre l'honneur de sa sœur, qu'il livre au contraire à la malveillance d'un pédant ? Ce pédant malicieux, assis sur le fauteuil qu'illustrèrent Fontenelle, Condorcet, eut pu avoir au moins le sentiment des convenances littéraires, auxquelles ne manquèrent jamais ses grands prédécesseurs. Mais tout se rapetisse de nos jours. Le culte qui, après la mort, fut consacré à celle qui devenait l'inséparable compagne, l'inspiratrice d'une mélancolique existence, M. Bertrand pouvait-il le comprendre ? Il devient au contraire le sujet de ses sarcasmes. Faut-il donc maintenant remonter jusqu'à Dante et Pétrarque pour trouver le culte des souvenirs, la glorification d'une mémoire aimée ?

Et qu'est-ce donc que ce Monsieur Bertrand qui s'amuse à salir les réputations ? Il est secrétaire perpétuel de l'Académie des sciences. S'il n'a pas dans la docte assemblée l'autorité d'Arago, il en a pris la suffisance. Cette haute position, suivant l'usage, lui fait donner un siège à l'Académie française, bien qu'on ne lui connaisse aucun titre littéraire. En cette qualité, il est parfois appelé à répondre à des récipiendaires. Il ne manque jamais alors de se jeter sur le Positivisme, quoiqu'il ait déclaré n'avoir pu en supporter l'étude et, par conséquent, ne pas le connaître. C'est une idée fixe, paraît-il, chez lui.

Le public cependant n'a pas toujours goûté ses attaques et accepté ses jugements. Si M. Bertrand n'apprécie pas Auguste Comte, il a des préférences qui ont pu s'égarer. Qui a pu oublier une lettre écrite il y a quelque dix ans, en des conditions qui ne peuvent que la rappeler encore à l'attention du public. M. Bertrand y exalte jusqu'à la platitude les mérites scientifiques et autres de M. Cornélius Herz. C'est, en effet, sous son patronage, on s'en souvient, qu'il fut introduit à l'Académie des sciences ! On n'a pas encore oublié tout ce qui fut dit à propos de la radiation du personnage de la Légion d'honneur, en juin 1893. M. de Freycinet, le ministre des grâces, pour mettre sa responsabilité à couvert, n'a-t-il pas écrit que la décoration de Grand-Officier dans l'ordre de la Légion d'honneur, lui avait été accordée sur la proposition de M. Bertrand, qui ne put que confirmer le dire du ministre des Affaires étrangères, dans une lettre qui, si je ne me trompe, a été publiée par le journal *Le Temps*. Rappellerai-je ici un mot d'Auguste Comte sur la vanité, — le mieux dénommé, dit-il, de nos instincts personnels, comme manquant le but pour y trop prétendre. C'est un mobile puissant, que le grand faiseur allemand a su mettre en jeu. Il avait sans doute préalablement tâté le terrain.

Etait-il nécessaire, pourra-t-on maintenant nous demander, pour répondre aux basses insultes de M. Bertrand, de faire précéder notre réponse d'une exposition de la doctrine du grand novateur ? La gravité de l'injure ne nous a paru pouvoir être bien mesurée qu'en montrant dans son ensemble et son élévation l'œuvre même de celui qui a été si indignement traité. Tel est le but que nous avons poursuivi en écrivant cette exposition. Le Positivisme est en général peu connu, même de ceux qui en parlent le plus. On n'y voit ordinairement qu'une conception philosophique. Son but social et son caractère religieux échappent encore à tous ceux qui n'en ont pas fait une étude sérieuse. Un monde en pleine décomposition ne peut être relevé que par de nouveaux moyens de direction répondant mieux que les anciens aux besoins d'une situation nouvelle. Si de telles conditions sont aujourd'hui remplies par la doctrine que nous nous efforçons de propager, quelle responsabilité ne retombe pas sur ceux qui, obéissant à certains mobiles, au fond très méprisables, cherchent à en arrêter la marche ? Mais quelque vives que soient les haines particulières qui ont poussé à une attaque aussi insolite qu'inconvenante, elles n'auraient pas revêtu le caractère de violence et de dénigrement qu'on y a constaté, si derrière l'homme qui s'est mis en scène, il n'y avait toute une corporation, dont il s'est fait l'écho.

L'avènement de la science sociale, qui fait prévaloir les vues d'ensemble sur l'esprit de détail, ne pouvait qu'être mal accueilli à l'Académie des Sciences ; la constitution d'un nouveau pouvoir directeur ne peut d'ailleurs que ruiner le crédit dont jouissent tant de réputations mal acquises. La résistance qu'opposent les compagnies savantes à toute idée nouvelle s'est pleinement manifestée, croyons-nous, dans les deux *factum* auxquels nous avons répondu. Le grand public qui aspire à sortir d'un état transitoire, où les plus respectables intérêts se trouvent compromis, saura-t il enfin où sont les vrais obstacles à l'avènement des solutions depuis si longtemps réclamées. Qu'il soit donc une fois pour toutes convaincu qu'il ne sortira du cercle vicieux où il s'agite de plus en plus, que lorsqu'il se sera affranchi de la concurrence que rencontre toute idée nouvelle dans les institutions académiques à la fois oppressives et rétrogrades. Nous avons montré, en divers opuscules, les vraies conditions de la pleine liberté spirituelle. Elles impliquent le désistement de l'Etat en tout ce qui ne saurait être de sa compétence.

C'est ainsi que doivent tomber à la fois la science et l'enseignement officiels, de même que la religion concordataire. Une ère d'apaisement pourra alors succéder à l'agitation qu'entretiennent dans les esprits de fausses doctrines, dont la libre discussion ferait bientôt justice, si elle pouvait être établie sur ses véritables bases. Quelque douloureux qu'ait été pour nous d'avoir eu à répondre à d'inqualifiables attaques dirigées contre un nom vénéré, nous aimons à penser que notre réponse motivée servira à éclaircir une situation dont le vrai caractère ne se dessinera qu'après que l'Etat, mieux renseigné sur ce qu'on doit attendre de lui, nous aura affranchi de la tutelle d'une science officielle qui émane aujourd'hui de corporations rétrogrades.

APPENDICE

EXTRAITS

D'UNE

LETTRE A M. J. BERTRAND

Secrétaire perpétuel de l'Académie des Sciences
Membre de l'Académie française

PAR

Luis LAGARRIGUE

Ingénieur civil à Santiago (Chili).

Ma réponse à M. Bertrand était sous presse lorsque j'ai reçu une mémorable lettre de M. L. Lagarrigue, ingénieur au Chili, au même personnage (1). Je me suis adressé dans ma réponse à un public en grande partie étranger aux études mathématiques, aussi n'ai-je pas cru devoir trop m'attacher à réfuter les prétendues erreurs mathématiques que M. Bertrand a eu la prétention de relever dans le chapitre relatif à la mécanique-rationnelle du *Cours de Philosophie positive* d'Auguste Comte. J'ai pensé qu'il suffisait de signaler la mauvaise foi qui a présidé aux attaques de M. Bertrand pour mettre le public en garde contre de spécieuses affirmations, dont les allures scientifiques ne sauraient être prises au sérieux par des hommes compétents en la matière.

M. Luis Lagarrigue s'est efforcé de relever toutes les insinuations de M. Bertrand. Son travail s'adresse évidemment à un public spécial, qui pourra en apprécier toute la portée. Nous nous sommes fait un devoir d'annexer à notre réponse la partie la plus étendue de son œuvre, où il réduit à néant les prétentions doctorales du secrétaire perpétuel de l'Académie des Sciences. On la lira, je n'en doute pas,

---

(1) *Lettre à M. J. Bertrand*, Membre de l'Académie française, Professeur au Collège de France, et Secrétaire perpétuel de l'Académie des Sciences. Santiago du Chili.

avec grand intérêt. C'est dans l'œuvre même d'Auguste Comte que M. Luis Lagarrigue a fait son instruction mathématique, bien supérieure à celle que confère notre régime académique à la jeunesse française. Dans notre notice sur la vie et la doctrine du grand novateur, nous avons cru devoir signaler un *Traité de Mécanique rationnelle* d'un jeune officier d'état-major du Brésil, Eulalio da Silva Oliviera. Ce traité, inspiré par la lecture du volume de *Philosophie mathématique* d'Auguste Comte, est arrivé à une seconde édition. Il est bien supérieur, disions-nous, à tous ceux de même nature qu'on met de nos jours entre les mains de notre jeunesse. Il n'y a, ni au Chili, ni au Brésil, de science ou de savants officiels pour fausser l'esprit scientifique.

Qu'on me permette maintenant de signaler en passant un premier travail, peu connu, d'Auguste Comte, dont il ne m'a parlé que très évasivement, ne paraissant pas trop tenir à ce qu'il fût connu. C'est une traduction, en collaboration avec son camarade Mellet, du *Traité de la Machine à vapeur*, *de Trigold*. La préface de ce traité est évidemment du Maître. On y trouve en germe les idées qu'il développera plus tard sur la marche de l'évolution humaine. La plupart des notes sont aussi de lui. M Bertrand pourra se convaincre que le philosophe adolescent n'était pas étranger, comme il voudrait le faire croire, à la théorie des moteurs animés ou inanimés.

G. AUDIFFRENT.

EXAMEN DES SEPT ERREURS MATHÉMATIQUES REPROCHÉES A AUGUSTE COMTE PAR M. J. BERTRAND.

Première Erreur :

« Les leçons de philosophie positive, dites-vous, prouvent que Comte, quand il a écrit ce volume, ignorait les principes et l'histoire de la science qu'il prétendait enseigner. Il faut entrer au détail et s'adresser aux lecteurs compétents, il suffira qu'ils connaissent le langage de la science du mouvement.

« En énonçant à la page 606 le principe fondamental des vitesses virtuelles, Comte établit l'équation qui en résulte et qui doit avoir lieu « distinctement, par rapport à tous les mouvements élémentaires que le système pourrait prendre, *en vertu des forces dont il est animé* ».

« *Les mots soulignés sont de trop.* Lorsqu'il était répétiteur, si un élève, après avoir correctement énoncé le théorème, les avait ajoutés à la fin, Comte aurait dû le noter comme ayant mal compris. » (1)

— Vous êtes, sans doute, maître de grammaire, Monsieur, car déjà, en l'année 1887, vous commenciez votre *Thermodynamique*, par une critique analogue, en disant :

« Le changement de température occasionné dans les gaz par le changement de volume, écrivait Sadi Carnot en 1824, peut être regardé comme un des faits importants de la Physique. Cette remarque est peut-être aujourd'hui, dans un écrit justement admiré, une des preuves les moins contestables du génie pénétrant de l'auteur.

« *Les mots cependant sont mal choisis.* »

— Mais par rapport à Auguste Comte, vous parlez comme un journaliste morcelant la pensée pour trouver l'erreur. Tout d'abord, dans la *Philosophie positive* il ne s'agit pas de faire d'énonciations didactiques des principes, mais de montrer l'enchaînement et la valeur philosophique des conceptions scientifiques, et à ce sujet les paroles que vous trouvez de trop sont de tout point nécessaires, comme je vais vous le faire voir. En effet, se rapportant au principe des vitesses virtuelles, Auguste Comte tâche seulement de montrer la filiation qui existe entre la loi générale de Lagrange et la loi de

---

(1) *Souvenirs académiques.* — *Auguste Comte et l'Ecole Polytechnique*, par M. J. Bertrand, *(Revue des Deux-Mondes* du 1er décembre 1896.)

Galilée, qui fournit le germe décisif d'une telle généralisation. A
propos de la loi galiléenne, il dit que le principe des vitesses virtuelles
« consiste alors en ce que *deux* forces se faisant équilibre à l'aide
d'une machine quelconque, elles sont entre elles en raison inverse
des espaces que parcouraient dans le sens de leurs directions leur
point d'application, si on supposait que le système vint à prendre un
mouvement infiniment petit : ces espaces portent le nom de *vitesses
virtuelles*, afin de les distinguer des vitesses réelles qui auraient
effectivement lieu si l'équilibre n'existait pas. »

Ensuite, introduisant la notion des moments virtuels, il fait voir
que la loi de Galilée revient à ce que « les moments de *deux* forces
doivent être égaux et de signe contraire, pour qu'il y ait équilibre ; »
et il ajoute : « cette expression abrégée du principe des vitesses
virtuelles est surtout utile pour énoncer ce principe d'une manière
générale relativement à un système de forces *tout à fait quelconque*.
Il consiste alors en ce que la somme algébrique des moments virtuels
de *toutes* les forces, doit être nulle pour qu'il y ait équilibre, et cette
condition doit avoir lieu distinctement par rapport à tous les mouvements élémentaires que le système pourrait prendre en vertu des
forces dont il est animé. »

Ensuite vous ajoutez : « Nous trouvons quelques lignes plus loin
une autre inadvertance développée avec précision. Voulant indiquer
comment on déduira du principe les équations d'équilibre d'un corps
solide, Comte écrit : « Si le solide, au lieu d'être complètement
libre, doit être plus ou moins gêné, il suffit d'introduire, au nombre
des forces du système, les résistances qui en sont le résultat, après
les avoir complètement définies. »

« Celui qui s'y prendrait comme Comte conseille de le faire, sans
avoir, comme lui, une réputation acquise de grand savoir, serait
accusé par tous ceux qui connaissent la question d'avoir mal compris
le principe, dont le principal avantage est précisément de rendre
inutile *le calcul* par lequel Comte veut commencer. »

— Ici continue votre méprise, Monsieur, parce qu'il n'est pas
question de faire des calculs dans la *Philosophie positive*, mais dans
ce cas, il s'agit de renfermer dans la loi de Lagrange toute la mécanique rationnelle. En effet, Auguste Comte dit à la page 604 du
même volume : « La combinaison de ce principe (celui des vitesses
virtuelles), avec celui de d'Alembert, a conduit Lagrange à concevoir
et à traiter la mécanique rationnelle tout entière comme déduite
d'un seul théorème fondamental, et à lui donner ainsi le plus haut
degré de perfection qu'une science puisse acquérir sous le rapport
philosophique, une rigoureuse unité. »

Mais si vous voulez connaître l'appréciation scientifique du principe des vitesses virtuelles, Auguste Comte dit, comme vous, dans
sa *Synthèse subjective*, page 660 : « Il faut normalement regarder

l'aptitude à formuler l'équilibre *indépendamment des forces intérieures*, comme le privilège spontané de ce principe » ; — et il
explique cette aptitude, en disant à la page 644 : « Maintenant, pour
passer du cas préliminaire au cas général, il suffit de combiner la
troisième loi du mouvement avec l'ensemble des deux premières, en
ramenant l'équilibre d'un système à celui de ses divers éléments,
pourvu que, aux forces propres à chacun, on joigne les réactions
mutuelles. On peut ainsi reconnaître que si l'on ajoute toutes ces
équations partielles, les termes qui s'y trouvent naturellement dus
aux puissances intérieures, ou passives, seront réciproquement
détruits en vertu de la loi neutonienne. Relatif aux forces extérieures,
ou directement actives, le principe des vitesses virtuelles consiste à
formuler leur équilibre en annulant la somme de leurs moments,
sans considérer la constitution du système autrement que pour y
conformer la mesure des vitesses fictives. Telles sont à la fois l'importance historique et l'efficacité dogmatique essentiellement propres
à ce principe, qui fait immédiatement apprécier l'équilibre en écartant des réactions ordinairement indifférentes ou secondaires. Il doit
pourtant être normalement accompagné de la loi générale que découvrit le coordinateur algébrique de la mécanique (Lagrange) envers
l'estimation directe des forces intérieures d'après les liaisons qui les
suscitent.

« Bien que ce complément doive ci-dessous obtenir l'examen
qu'il mérite, il peut déjà trouver, dans le préambule de la mécanique, la base qui doit finalement prévaloir à son égard. On le voit
directement émaner de l'appendice général ci-dessus introduit envers
la première loi du mouvement, si d'abord on considère une condition
qui ne concerne qu'un seul point, dont la pression est toujours
perpendiculaire à la surface correspondante. Rapportée à plusieurs
points, toute équation de liaison suscite, envers chacun d'eux, une
force pareillement normale à la surface qu'il décrirait si tous les
autres devenaient fixes. Nous devons ici laisser la forme purement
géométrique à la loi lagrangienne sur l'estimation générale des forces
intérieures, dont l'intensité reste seule indéterminée. Examinée
ci-dessous en appréciant la théorie spéciale de l'équilibre ou du
mouvement, cette loi devient, pour l'initiation individuelle, comme
dans l'évolution collective, la conséquence ou l'équivalent algébrique
du principe des vitesses virtuelles ; elle en fournit le sens le plus
précis.

Mais je tiens à vous montrer, Monsieur, qu'Auguste Comte non
seulement comprenait le principe des vitesses virtuelles « *comme
un bon élève* », mais qu'il connaissait aussi sa véritable histoire. En
effet, il nous montre la filiation *historique* du principe de Lagrange
avec celui d'Alembert et après avoir apprécié celui-ci, il dit dans sa
Synthèse Subjective, page 642 : « Tel est le principe d'après lequel

le mouvement d'un système serait toujours jugeable si la théorie de l'équilibre correspondant était assez généralisée. Il faut donc consacrer le dernier tiers de la seconde leçon concrète sur le préambule de la mécanique à l'examen systématique de cette généralisation. Préparée par le principal fondateur de la dynamique (Galilée), elle fut essentiellement accomplie avant la fin du grand siècle mathématique (par Jean Bernoulli et Varignon), quoique son essor décisif dût naturellement appartenir au siècle suivant. On ne pouvait assez sentir l'importance d'une telle généralisation que lorsqu'elle serait universellement destinée à faciliter l'étude du mouvement, au lieu de rester immédiatement bornée à perfectionner la théorie de l'équilibre. Subordonnée aux besoins dynamiques, la statique d'un système ne dut pleinement surgir que sous leur impulsion ; comme le montre la découverte des équations propres à l'équilibre de rotation, par le géomètre dont le nom rappelle le principe de la conversion mécanique.

« Toutes les notions relatives à l'équilibre d'un point peuvent directement émaner de la combinaison spontanée des deux premières lois du mouvement (celles de Képler et de Galilée). Relativement à la statique d'un système, on ne saurait immédiatement obtenir une suffisante assistance de la troisième loi (celle de Newton), même complétée par son annexe normale (celle de d'Alembert). On voit, en effet, que, d'après leur nature et leur destination, elles ramènent le mouvement à l'équilibre, sans pouvoir directement concerner celui-ci. Voilà comment la constitution normale de la mécanique abstraite exige un dernier complément concret, où la théorie de l'équilibre devienne immédiatement généralisable. Alors on apprécie l'importance de l'induction galiléenne, qui fournit le germe décisif d'une telle généralisation, en introduisant la considération des vitesses virtuelles envers l'équilibre des poids. Rapidement étendue à tous les systèmes de forces, elle resta longtemps négligée avant que la destination dynamique de la statique générale en eut irrévocablement dévoilé l'importance. Examiné dès lors avec le soin qu'il méritait, le principe des vitesses virtuelles fut soumis aux divagations déductives partout émanées de l'ontologie algébrique. »

Deuxième Erreur :

« Comte, dites-vous, commet une faute de même nature, lorsque, parlant du mouvement d'un point matériel sur une courbe connue, il explique le moyen de chercher l'action de la courbe. Si l'on voulait, comme il le prescrit, faire usage de cette force, on compliquerait un problème facile, par la solution accessoire d'un autre problème, beaucoup plus difficile, et qui, une fois résolu, ne servirait à rien. »

— Encore une fois, Monsieur, vous avez pris la *Philosophie positive* pour un traité didactique. Si Auguste Comte insiste sur la théorie du mouvement d'un point sur une courbe donnée et s'il

choisit la marche que vous trouvez détournée, c'est parce qu'il ne
tâche pas de résoudre un problème, mais d'étendre la théorie du
mouvement libre au mouvement sur une courbe connue, ce qui tend
à consolider l'unité de la dynamique, en donnant à ses lois toute la
généralité qu'elles comportent. C'est ainsi qu'il dit dans sa *Synthèse*,
page 666, après avoir exposé la théorie du mouvement libre d'un
point :

« On doit ensuite étendre cette théorie au mouvement sur une
courbe donnée, à l'aide de sa résistance perpendiculaire ; deux des
coordonnées étant alors rapportées à la troisième, la question se
ramène à l'intégration d'une seule équation, trop compliquée,
d'ordinaire, pour permettre la solution. Bien appréciée, cette étude
fit évidemment surgir, chez l'incomparable géomètre batave
(Huyghens), la doctrine propre à la force centrifuge, quoiqu'il n'eut
spécialement examiné que le mouvement uniforme et circulaire,
afin que l'intensité devint constante. Joint à ses conceptions géométriques, ce préambule dynamique aurait aussitôt généralisé la mesure
de l'effort centrifuge par le rapport du carré de la vitesse au rayon
de courbure ; mais l'inopportunité concrète réserva cette conclusion
au fondateur de la mécanique céleste (Newton). Examinée convenablement, cette loi permettrait d'instituer le mouvement libre d'après
le mouvement forcé, car elle fait directement connaître, suivant le
rayon de courbure, la composante de la force accélératrice, dont la
composante tangentielle équivaut à la seconde dérivée de l'arc.
Toutefois, il faut naturellement préférer la marche inverse, où la
force centrifuge est immédiatement rattachée au mouvement libre, en
instituant, à l'aide des équations fondamentales, la décomposition
générale de la force accélératrice suivant ces deux directions. »

Troisième Erreur :

« Il n'est pas vrai, dites-vous, comme l'affirme Comte à la page
677, « que la quantité de mouvement d'un corps détermine la *percussion* proprement dite, ainsi que la *pression* qu'il peut exercer
contre un obstacle opposé à son mouvement. » Deux corps dont la
quantité de mouvement est la même, auront, en général, des forces
vives différentes et n'exerceront sur un même obstacle ni la même
percussion, ni la même pression. L'assertion étant fausse, il est
inutile d'examiner si, comme Comte accuse quelques géomètres de
l'avoir pensé, elle peut ou ne peut pas être logiquement déduite des
notions qui la précèdent. »

— Ici, Monsieur, vous prenez la *Philosophie positive* non seulement pour un traité de *Mécanique rationnelle*, mais pour un traité
de *Mécanique industrielle*, et vous vous êtes rappelé les expériences
de Meyer, ou peut-être celles de Hirn, sur la détermination de
l'équivalent mécanique de la chaleur par la percussion. Repro-

duisons le vrai texte d'Auguste Comte et laissons parler ensuite Carnot.

Auguste Comte, dans la *Philosophie positive*, tome I, page 676, dit, après avoir introduit la notion de masse dans la mesure de forces : « Tous les phénomènes relatifs à la communication du mouvement par le choc, ou de toute autre manière, ont constamment confirmé la supposition de cette nouvelle proportionnalité. Il en résulte évidemment que lorsqu'il faut comparer, dans le cas le plus général, des forces qui impriment à des masses inégales des vitesses différentes, chacune d'elles doit être mesurée d'après le produit de la masse sur laquelle elle agit par la vitesse correspondante. Ce produit auquel les géomètres ont donné communément le nom de *quantité de mouvement*, détermine exactement, en effet, la force d'impulsion d'un corps dans le choc, la *percussion* proprement dite, ainsi que la *pression* qu'un corps peut exercer contre tout obstacle fixe à son mouvement. »

Ecoutons maintenant Carnot, qui, dans ses *Principes fondamentaux de l'équilibre et du mouvement*, page 23 (édition de 1803), dit : « Ce que nous venons d'appeler *quantité de mouvement*, s'appelle aussi *force de percussion*. Cette dernière dénomination lui est donnée, parce que c'est d'elle que vient enfin l'intensité du choc ou de la percussion. Ainsi l'expression de quantité de mouvement se rapporte proprement aux corps qui se meuvent actuellement, et celle de force de percussion aux corps considérés dans le moment de leur choc. Elle est quantité de mouvement, en tant qu'elle réside dans le corps, qu'elle y a une existence réelle avant le choc ; et force de percussion, en tant qu'elle est anéantie par ce même choc. »

Et page 29 : « Ces deux expressions (force motrice et force de pression) sont synonymes ; mais celle de force motrice se rapporte plus particulièrement à l'état de mouvement du corps, et celle de force de pression, à son état de repos ou plutôt d'équilibre. »

Et page 30 : « ...toute force motrice est le produit d'une masse par une force accélératrice ou retardatrice qui peut être comparée à la pesanteur ou gravité. Et comme cette force accélératrice n'est autre chose elle-même que le rapport de l'accroissement de la vitesse, pendant un temps infiniment court, à cet élément du temps, il suit qu'une force motrice quelconque est le produit d'une masse par une vitesse divisée par un intervalle de temps, comme on l'a dit ci-dessus. »

En vous voyant nier, Monsieur, ces vérités de la Mécanique *rationnelle*, on reste stupéfait ! Mais Auguste Comte nous donne l'explication de vos idées *irrationnelles* en Mécanique.

En parlant de la célèbre discussion soulevée par Leibnitz sur la manière d'estimer les forces vives, Auguste Comte dit, *Philosophie positive*, tome I, page 723 : « On s'était sans doute mépris en pen-

sant que la *mécanique rationnelle* était intéressée dans cette contes-
tation, qui ne saurait en effet, selon la remarque de d'Alembert,
exercer sur elle la moindre influence réelle. Le point de vue théorique et le point de vue pratique n'avaient pas été assez soigneusement séparés par les géomètres qui suivirent cette discussion. »

Voilà ce qui vous arrive, Monsieur, deux siècles après. Mêlant le
point de vue rationnel au point de vue industriel, vous faites ici une
double méprise, parce que le temps fini de la percussion est rationnellement absurde et les formules qu'on en déduit ayant égard au
temps sont pratiquement inutiles.

QUATRIÈME ERREUR :

« Comte, pourrait-on affirmer, dites-vous, en continuant l'examen
de la même partie du livre, ignore le célèbre principe de d'Alembert,
sur lequel repose la solution de tous les problèmes de dynamique.
Je copie textuellement, à la page 681 : « En considérant le principe
de d'Alembert sous le point de vue le plus philosophique, on peut,
ce me semble, en reconnaître le véritable germe dans la seconde loi
fondamentale du mouvement établie par Newton sous le nom d'égalité de la réaction à l'action.

« Le principe de d'Alembert, en effet, coïncide exactement avec
cette loi de Newton, quand on envisage seulement un système de
deux corps agissant l'un sur l'autre suivant la ligne qui les joint. Ce
principe peut donc être envisagé comme la plus grande généralisation
possible de la loi de la réaction égale à l'action ; et cette nouvelle
manière de le concevoir me paraît propre à faire ressortir sa véritable nature en lui donnant un caractère physique, au lieu du caractère purement logique qui lui avait été imprimé par d'Alembert.

« Comte croit cette remarque assez importante pour y revenir
trois fois. Il l'a énoncée déjà à la page 546, et y est revenu à la
page 603. »

« Ce qu'il affirme avec tant d'insistance, n'est pas exact. Une
telle accusation, je ne l'ignore pas, est sans vraisemblance aucune.
A qui fera-t-on croire que Comte puisse ignorer le principe de
d'Alembert, et se tromper avec insistance sur une application des
plus simples ?

« Vraisemblable ou non, l'erreur est répétée trois fois dans un
livre imprimé sur le manuscrit autographe d'Auguste Comte.

« Répéterons-nous la phrase du célèbre Bossuet : Il ne faut
jamais abandonner les vérités une fois connues, quelque difficulté
qui survienne quand on veut les concilier ; mais, au contraire, pour
ainsi parler, tenir toujours fortement, comme les deux bouts de la
chaîne quoiqu'on ne voie pas toujours le milieu par où l'enchaînement se continue. » Elle est trop solennelle pour la circonstance. On
ne peut pas proposer d'attacher trop solidement, aux deux extrémités

d'une chaîne infinie, le savoir et l'ignorance d'Auguste Comte, démontrés tous deux. J'ai cherché et trouvé une explication.

« Comte, en étudiant la *Mécanique analytique* de Lagrange, s'est habitué à considérer les liaisons, dans un système matériel, comme remplacées par des équations abstraites entre les coordonnées des différents points. Il a cherché l'équation de liaison pour laquelle, le système se réduisant à deux points, les forces qui résultent de cette liaison sont dirigées suivant la droite qui joint les deux points ; il a résolu ce problème, et trouvé que l'équation doit exprimer que la distance des deux points est constante. Le principe de d'Alembert montre *alors* que les deux forces sont égales et de sens contraire. Croyant la découverte intéressante au point de vue philosophique, il a écrit : « le principe de d'Alembert coïncide exactement avec la loi de Newton quand on envisage seulement un système de deux corps *agissant* l'un sur l'autre suivant la droite qui les joint. »

— Vous vous trompez, Monsieur, et, me servant des paroles mêmes d'Auguste Comte, je vais vous montrer comment il est tombé dans cette prétendue *erreur*.

« Nous devons maintenant, dit-il dans sa *Synthèse subjective*, page 639, consacrer cette leçon au double complément concret, à la fois inductif et déductif, qu'exige la troisième loi du mouvement (celle de Newton) pour satisfaire à sa destination générale. Une telle loi ne peut immédiatement régler la mutualité mécanique que dans le cas le plus simple, où deux corps, envisagés comme des points, agissent directement l'un sur l'autre suivant la droite qui les joint. Elle ne pourrait suffire envers les autres cas que si la réciprocité générale y devenait spontanément décomposable en de telles corrélations. Voilà pourquoi la théorie de la communication des mouvements ne fut assez instituée que lorsque sa loi fondamentale eut été suffisamment généralisée, en y remplaçant la notion primitive d'égalité par la conception définitive d'équilibre entre les forces perdues ou gagnées dans le conflit. On doit surtout attribuer ce pas décisif à l'éminent géomètre suisse (Bernoulli), qui concourut avec l'incomparable géomètre batave (Huygens) pour compléter la fondation de la dynamique : le grand géomètre français (d'Alembert), dont ce principe porte le nom, en systématisa la notion et l'usage.

« Etudiée philosophiquement, la loi générale de la mutualité mécanique doit d'abord être spécialement appréciée envers le cas qui la fit irrévocablement surgir ; il restera toujours propre à bien caractériser sa nature et sa destination. Le pendule seulement composé de deux molécules invariablement liées, tournant, dans un même plan vertical, autour d'un axe horizontal, fournit le type le plus simple de l'altération que la liaison de deux mobiles apporte à leurs mouvements respectifs. On doit alors regarder les quantités de mouvement que l'un des corps acquiert et l'autre perd comme assujetties à la loi d'équilibre du levier, ce qui suffit pour ramener ce cas au pendule simple, auquel on put graduellement rapporter, de la même manière, les pendules les plus composés. Généralisant ce type, on peut y substituer le mouvement simultané de plusieurs projectiles dont les distances mutuelles sont invariables, ce qui doit ordinairement empêcher chacun d'eux de décrire la trajectoire qu'il aurait isolément suivie. Examinées dans ce cas, les forces respectivement acquises ou perdues doivent aussi se faire continuellement équilibre, en ayant convenablement égard aux conditions du système (voilà, Monsieur, les *équations abstraites*).

« La loi de corrélation fut dogmatiquement présentée, par le plus fécond des grands géomètres (Euler), sous une forme ordinairement préférable à celle de son avènement historique. Uniformément conçue, elle consiste en ce que l'équilibre doit toujours exister entre les forces primitives dont tous les corps du système sont isolément animés et les forces propres aux mouvements effectifs, quand celles-ci sont toutes prises en sens contraire. Ce dernier état de la loi de mutualité mécanique se trouve mieux rapproché du germe spontanément résulté de la troisième loi du mouvement (celle de Newton) : il se réduit à remplacer l'égalité par l'équivalence. Il fait directement contraster les données et les inconnues du problème dynamique, en écartant les réactions mensurées d'après leurs combinaisons mutuelles. Dans les cas où ces réactions doivent être spécialement appréciées, on peut finalement composer chacune d'elles à l'aide de ses deux éléments naturels. »

L'explication de votre quatrième méprise, je la trouve dans ces premières paroles d'Auguste Comte que vous avez citées : « En considérant le principe de d'Alembert sous *le point de vue le plus philosophique*... » Est-ce que vous vous croyez capable, Monsieur, de suivre Auguste Comte dans des *vues philosophiques* ? Mais vous oubliez donc que votre philosophie ne s'étend pas plus loin que le verbiage algébrique. Ainsi vous pensez qu'Auguste Comte, déduisant *algébriquement* la loi de Newton du principe de d'Alembert, est arrivé à les assimiler !

CINQUIÈME ERREUR :

« On a pu reprocher à Comte, dites-vous, d'ignorer l'histoire de la science.

« On lit page 705 : « Le second principe général de la dynamique consiste dans le célèbre théorème des aires, dont la première idée est due à Képler, qui découvrit et démontra très simplement cette propriété dans le cas du mouvement d'une molécule unique. Képler a établi par les considérations les plus élémentaires que, si la force accélératrice tend vers un point fixe, le rayon vecteur du mobile décrit autour de ce point des aires égales en temps égaux. »

« Après avoir attribué à Newton, qui n'y a jamais pensé, la première idée du principe de d'Alembert, il attribue à Képler, sans aucune raison, une découverte de Newton, en commettant, de plus, un choquant anachronisme quand il parle de forces accélératrices à l'occasion des lois de Képler. »

— Je suis bien aise, Monsieur, de vous voir tomber dans cette cinquième méprise, car elle démontre toute votre valeur philosophique. Auguste Comte prétend, selon vous, que Képler a fait la démonstration géométrique ou peut-être algébrique du principe des aires. Cependant, Monsieur, il ne s'agit que de la loi astronomique des aires, connue sous le nom de première loi de Képler, à laquelle vous ne donnez qu'une importance géométrique, mais qu'Auguste Comte rattache *philosophiquement* aux idées de *mécanique céleste* du même Képler. Alors, comme celui-ci nous parle de la *gravitation* des planètes sur le soleil, dans son *Abrégé d'Astronomie Copernicienne* et de la *gravitation* des planètes sur la terre dans ses *Commentaires sur Mars*, et comme sa loi mécanique du mouvement rectiligne et uniforme établit l'égalité des aires décrites par *les rayons vecteurs* autour d'un point quelconque, les principes mécaniques du théorème des aires dans les cas d'un point soumis à une force centrale étaient posés, et plus encore, ce même théorème avait surgi par rapport au mouvement des planètes. Et si même Képler n'eut découvert que sa loi astronomique, sans connaître les lois élémentaires du mouvement et sans avoir eu l'idée des gravitations planétaires, il n'aurait pas moins posé la base philosophique du théorème de Newton, comme Aristote le fit envers la chute des corps et Descartes envers leur choc. Mais laissons parler Auguste Comte :
« D'après les équations générales de la rotation, surtout rapportée au centre de la masse, un système quelconque comporte une propriété que l'auteur de la première loi du mouvement fit d'abord surgir envers un point animé d'une force centrale. On voit, dans ce cas, le rayon de la molécule tracer, autour du foyer, des aires toujours proportionnelles aux temps, quelles que soient la loi de la force et la nature de la trajectoire. Tel est aussi le sens du théorème des aires ou des mouvements envers tout système pareillement sollicité par une force centrale, outre que le résultat devient alors indépendant des actions purement mutuelles, tant brusques que graduelles. Examiné dans les cas dépourvus d'influence extérieure, ce théorème y suscite l'invariabilité de la somme algébrique des aires simultanément projetées sur un plan quelconque en un temps donné, malgré le changement que chacune doit continuellement subir d'après les réactions intérieures. Si l'on évalue cette somme à l'égard de trois plans rectangulaires, on en peut toujours déduire un plan qui reste nécessairement invariable au milieu des perturbations quelconques du système total ; il correspond au maximum des aires : sa théorie

fut judicieusement perfectionnée par l'invention des couples. » —
(*Synthèse Subjective,* page 675.)

Dans l'*Astronomie Populaire,* publiée en 1844, Auguste Comte
nous explique en détail, page 397, le lien qui existe entre les idées
de Képler et le principe de Newton. Se rapportant à Képler, il dit :
« Cet éminent penseur a eu le mérite de sentir, le premier, que les
grandes lois qu'il avait découvertes, par cela même qu'elles résu-
maient l'ensemble de la géométrie céleste, devenaient le point de
départ nécessaire de la mécanique céleste. Son vigoureux génie osa
entreprendre directement cette nouvelle élaboration générale : mais
la science mathématique était alors trop peu avancée, à tous égards,
pour lui permettre de poursuivre convenablement une recherche
aussi difficile. Néanmoins, l'ébauche initiale lui en est réellement
due, puisqu'il établit suffisamment l'interprétation dynamique de la
première de ses trois lois astronomiques. En effet cette appréciation
résulte immédiatement d'une application facile des lois fondamentales du mouvement.

« Si un mobile, sous une impulsion instantanée, décrit uniformément une droite indéfinie, son rayon vecteur autour d'un point
quelconque tracera, en temps égaux, des triangles successifs, dont
les aires seront évidemment égales, quoique leurs figures soient
différentes. Or cette équivalence spontanée subsistera encore malgré
l'action continue d'une force susceptible de rendre curviligne le
mouvement primitif, pourvu que sa direction converge toujours vers
le point unique, à l'égard duquel cette égalité des aires sera exclusivement maintenue..... Tout mouvement curviligne produit par une
force centrale doit donc faire décrire, autour du centre d'action, des
aires égales en temps égaux. Réciproquement, si l'observation montre
que l'aire tracée par le rayon vecteur du mobile croit toujours
proportionnellement au temps écoulé, cette seule relation constatera
pleinement que la force continue converge sans cesse vers l'origine
des aires.

« Cette lumineuse appréciation, dont le principe appartient
certainement à Képler, constitue donc le premier germe indispen-
sable de la vraie mécanique céleste, en démontrant, d'après la loi
géométrique des aires, que l'action continuellement exercée sur
chaque planète pour infléchir sa route émane sans cesse du soleil.
La loi de cette force continue étant ainsi connue quant à sa direction,
il restait dès lors à la découvrir aussi quant à son intensité, en ayant
convenablement égard à la figure effective de l'orbite. Tel est, à
proprement parler, le principal mérite de l'élaboration fondamentale
réservée à Newton, et que Képler, qui néanmoins osa l'entreprendre.
avait dû radicalement manquer par suite de l'insuffisante préparation
mathématique de son époque. »

Quant à l'anachronisme commis par Auguste Comte, on sait qu'il a dit que « *la théorie dynamique de la gravité* fit historiquement surgir la théorie générale des *forces accélératrices.* » — (*Synthèse Subjective*, page 663).

SIXIÈME ERREUR :

Vous poursuivez ainsi : « J'en ai trop dit déjà. Cependant, puisque j'ai accepté le rôle d'avocat du diable, je ne puis omettre une erreur plus étrange encore. A la page 718, Comte écrit : « Le théorème général (celui de la conservation des forces vives) consiste en ce que, quelques altérations qui puissent survenir dans le mouvement de chacun des corps d'un système quelconque en vertu de leurs actions réciproques, la somme des forces vives reste constamment la même *dans un temps donné.* »

« Ce théorème est faux. L'ensemble du soleil, des planètes et de leurs satellites forme assurément *un système*, dont les diverses parties ont des mouvements altérés *par leurs actions réciproques* et uniquement par elles. Personne n'ignore que la somme des forces vives ne reste pas constante, *même dans un temps donné.*

« Dans un système quelconque, la force vive est un des deux termes de la somme qui reste constante. Ni dans le passage cité, ni dans aucun autre, Comte ne fait mention du second terme, que nous nommons aujourd'hui énergie potentielle, mais qui, sous un autre nom, était parfaitement connu, et depuis longtemps, quand il a écrit son livre. »

— Voilà, Monsieur, la synthèse de toutes vos méprises. Confondant le point de vue théorique ou abstrait avec le point de vue pratique ou concret, vous prenez le système *planétaire* pour un système *mécanique*, comme si en lui il ne se passait point de phénomènes physiques, chimiques, etc., l'ensemble desquels vous rapportez à *l'énergie potentielle*, pour décorer vos connaissances concrètes de tout l'appareil abstrait de l'algèbre.

Vous dites qu'Auguste Comte ne nous parle pas de cette merveille, mais vous vous trompez, Monsieur. Dans la *Synthèse Subjective*, il nous dit, page 606 et suivantes :

« Elaboré sous *l'anarchie académique*, le complément mathématique (la mécanique) dut souvent susciter des *aberrations* et *divagations* qui ne sont pas propres à sa nature (comme celle de l'énergie potentielle)... La disposition à juger mécaniques les divers phénomènes de la Physique (comme d'après l'énergie potentielle), ne peut réellement convenir qu'à l'ordre céleste, où la *discipline positive doit même surmonter les déviations spontanées de l'esprit mathématique...* Examinés dans leur ensemble, les principaux ravages du matérialisme concret (propre de la mécanique) sont spécialement relatifs aux diverses branches de la physique proprement dite, depuis la barologie jusqu'à l'électrologie... (en général d'après l'énergie

potentielle). Après avoir admis les usurpations mathématiques en
astronomie, on est difficilement capable de les réprimer en physique,
où sans rien produire, elles doivent tout entraver... (comme il arrive
avec l'énergie potentielle). Relativement au domaine pratique, les
aberrations des géomètres furent plus profondes que celles qui résul-
tèrent de leurs usurpations théoriques, au point d'avoir gravement
altéré les notions fondamentales sur la mesure du travail mécanique.
Examinées au dernier tome de cet ouvrage, ces déviations ne doivent
être ici mentionnées que pour indiquer la tendance du positivisme à
systématiser, sous ce rapport, les répugnances confuses mais éner-
giques, que l'expérience inspire aux vrais praticiens contre les
prétentions des faux théoriciens. » (Ceux qui avec vous, Monsieur,
acceptent l'énergie potentielle).

Mais pour que vous puissiez rectifier, Monsieur, vos idées,
Auguste Comte vous dit, à la page 614 de sa *Synthèse Subjective* :
« La rectification consiste à renfermer la mécanique rationnelle dans
l'enceinte purement mathématique, où son office se borne à l'établis-
sement des notions générales, en réservant les solutions spéciales
aux études capables de manifester leurs conditions et d'apprécier
leur caractère. Il suffit, à cet égard, de conformer la mécanique au
type logique spontanément émané de la géométrie, dont la simplicité
plus grande pourrait mieux aspirer à la spécialité des applications,
envers laquelle l'expérience lui fit graduellement adopter une sage
réserve. Tandis que la géométrie doit finalement renoncer à la plupart des rectifications, quadratures et cubatures, qu'elle eut primiti-
vement en vue, on ne saurait admettre que la mécanique poursuivît
des solutions précises dans des problèmes plus compliqués. Elle
restera toujours incapable de déterminer le mouvement d'un solide
même homogène, de forme quelconque, quand il est seulement
animé d'une impulsion instantanée. Ses efforts, à cet égard, ne sauraient jamais aboutir qu'à transformer en embarras algébriques ou
géométriques les entraves directement suscitées par l'application
spéciale de la théorie générale des rotations, qui suffit à nos besoins
logiques. »

Et page 618 : « C'est à la Physique et non à la Logique (la mathématique), qu'il appartient d'étudier les *modifications que les lois
universelles de l'équilibre et du mouvement subissent d'après la
fluidité du mobile, comme par suite de toute autre condition
concrète.* »

Septième Erreur :.

Continuant votre méprise antérieure, vous dites : « Il ne faut
pas s'étonner si d'un principe faux on déduit des applications erro-
nées. On lit à la page 721 : « Ce théorème présente directement la
considération dynamique d'une *machine quelconque,* sous son véri-

table aspect, en montrant que, dans toute transmission et modification de mouvement effectuée par une machine, il y a simplement échange de force vive entre la masse du *moteur* et celle du corps à mouvoir. »

« Quelque complaisance qu'on veuille y mettre, il semble impossible de nier que l'auteur des lignes précédentes ignore la théorie des machines.

« Si, pour le justifier, on veut admettre qu'en parlant d'une *machine quelconque* il exclut, sans le dire, les machines mues par une chute d'eau, la transmission de la force par l'eau comprimée, les machines à vapeur, celles qui sont mises en mouvement par un cheval, et beaucoup d'autres encore, il resterait à dire quelles sont celles dont il a voulu parler, je ne le devine pas. »

— Je vous le dirai, Monsieur, il n'a voulu parler d'aucune machine, puisqu'il s'agissait de la *théorie abstraite* des machines. Quant à la conception pratique ou concrète des machines il dit, dans sa *Philosophie Positive*, tome I, page 724 : « La véritable théorie propre de la mécanique industrielle, qui n'est nullement, ainsi qu'on le croit souvent, une simple dérivation de la *phoronomie* ou mécanique rationnelle, et qui se rapporte à un ordre d'idées complètement distinct, n'a point encore été conçue. Il en est, à cet égard, comme de toute autre *science d'application* dont l'esprit humain ne possède jusqu'ici que quelques éléments insuffisants, selon la remarque indiquée dans notre seconde leçon. La mécanique industrielle, abstraction faite de la formation des moteurs, qui dépend de l'ensemble de nos connaissances sur la nature, se compose de deux classes de recherches très différentes, les unes dynamiques, les autres géométriques. Les premières ont pour objet la détermination des appareils les plus convenables, afin d'utiliser autant que possible les forces motrices données ; c'est-à-dire d'obtenir entre la force vive du corps à mouvoir et celle du moteur le rapport le plus rapproché de l'unité, en ayant égard aux modifications exigées dans la vitesse par la destination connue de la machine. Quant aux autres, on s'y propose de changer à volonté, à l'aide d'un mécanisme convenable, les lignes décrites par les points d'application des forces. En un mot, le mouvement est modifié, dans les unes, quant à son intensité ; dans les autres, quant à sa direction. Les premières se rapportent à une doctrine entièrement neuve, au sujet de laquelle il n'a encore été produit aucune conception directe et vraiment rationnelle. Il en est à peu près de même pour les autres, qui dépendent de cette *géométrie de situation* entrevue par Leibnitz, mais qui n'a fait jusqu'ici presqu'aucun progrès. Je ne connais à cet égard d'autre travail réel qu'une ingénieuse considération élémentaire présentée par Monge, et qui, quoique simplement empirique, mérite d'être notée ici, ne fût-ee que pour indiquer la véritable nature de cet ordre d'idées.

« Monge est parti de cette observation, très plausible en effet, que dans la réalité, les mouvements exécutés par les machines sont ou rectilignes ou circulaires, chacun pouvant être d'ailleurs ou continu ou alternatif. Il a, dès lors, envisagé toute machine comme destinée, sous le rapport géométrique, à transformer ces divers mouvements élémentaires les uns dans les autres. Cela posé, en épuisant toutes les combinaisons diverses qu'une telle transformation peut offrir, il en a vu résulter nécessairement dix séries d'appareils dans lesquels peuvent être rangées toutes les machines connues, ainsi que celles qu'on imaginera plus tard. Les tableaux résultant de cette classification peuvent donc être envisagés comme présentant au mécanicien les moyens empiriques de résoudre, dans chaque cas, le problème de la transformation du mouvement, en choisissant, parmi tous les appareils propres à remplir la condition proposée, celui qui présente d'ailleurs le plus d'avantages. »

Auguste Comte savait donc ce que c'était qu'une machine, et si vous voulez le suivre dans des *vues philosophiques* il vous dit dans sa *Politique Positive*, page 353 : « Les *machines* remplissent envers les arts un office équivalent à celui des *méthodes* pour les sciences, sans rien produire directement, les unes deviennent, comme les autres, les principaux moyens de production. »

Mais votre *Thermodynamique*, Monsieur, nous montre assez la portée philosophique de vos idées. En parlant de la formule qui donne les pressions de la vapeur d'eau selon les températures, vous dites, page 158 : « La formule est *remarquable* par l'immensité des nombres dont le rapport donne, entre les températures — 30° et + 230°, les valeurs exactes de la pression. On peut la comparer à une balance dans laquelle, pour peser quelques milligrammes, on mettrait en opposition des poids supérieurs à celui d'une sphère de platine ayant pour rayon la distance du Soleil à Neptune. » Cette comparaison que vous introduisez pour éclaircir la pensée est très propre, Monsieur, à montrer votre philosophie enfantine. Celle-ci jaillit aussi d'une manière éclatante dans toute la préface du même ouvrage, où vous dites :

« ... Les principes et les lois de la Mécanique ne reposent nullement sur l'évidence. Dans le partage, autrefois célèbre, des vérités en nécessaires et contingentes, la Mécanique appartient à la seconde classe. On peut, sans déraison, imaginer un monde où les machines produiraient de la force. Le mouvement perpétuel y serait possible. Il n'existe, *a priori*, aucune preuve qui l'interdise.

« ... Les principes de la Mécanique doivent être allégués avec précaution. Ils ont besoin de commentaires. Le principe des forces vives est de ce nombre. Il faut pour avoir droit de l'appliquer, des

conditions souvent passées sous silence dans des études faites trop
rapidement.

« ... C'est sur le principe des forces vives que reposent les
travaux admirés auxquels on a donné le nom, fort mal choisi, de
Théorie mécanique de la chaleur.

« Le travail interne des molécules d'un corps ne dépend, dans
une transformation quelconque, que de l'état initial et de l'état final.
Telle est la base de la théorie. On allègue le principe des forces vives
et l'on passe outre.

« Le principe des forces vives ne rend l'assertion évidente qu'à
la condition de fermer les yeux à des difficultés très sérieuses.

« ... Un corps chaud, par sa présence, échauffe les corps voi-
sins. Il accroît donc la force vive de leurs molécules. Mais jamais
on n'a vu un mouvement, par son seul voisinage, en influencer un
autre ; il faut que des forces interviennent. D'où viennent ces forces ?
La réponse n'est pas douteuse : les parties de l'éther, violemment
agitées, comme dirait Descartes, sont la cause de l'action.

« Les molécules matérielles agissent donc sur l'éther et l'éther
sur elles. Ces actions, dont on ignore la grandeur et la loi, interviennent dans tous les phénomènes ; elles semblent s'imposer dans
les raisonnements. On ne les mentionne même pas. Le principe des
forces vives suffit à tout.

« Ces forces remplissent-elles au moins les conditions sans
lesquelles on ne peut l'appliquer ?

« Rien *a priori* ne le rend vraisemblable.

« Une bille d'ivoire tombe sur un sol de marbre, elle rebondit
sans pouvoir remonter au-dessus du niveau primitif : le principe
des forces vives l'interdit. La bille, en dépassant le point de départ,
rendrait possible le mouvement perpétuel. L'argument semble sans
réplique. Une pincée de dynamite étendue sur le lieu du choc
démentirait cependant la théorie. Comment un théorème évident
peut-il être en défaut ? C'est qu'après le choc, différence essentielle,
le marbre demeure et la dynamite disparaît. Il est permis d'insister. De
quel droit assimiler au marbre l'éther invisible et inconnu ? Pourquoi
n'interviendrait-il pas, comme la dynamite dans le choc, pour porter
ailleurs son énergie diminuée ? La *quantité d'éther* est infinie ; il
n'est pas à craindre qu'il s'épuise. »

— C'est avec ce rétrécissement philosophique que l'on prétend
juger Auguste Comte !

Les erreurs mathématiques dont vous faites charge à Auguste
Comte me font rappeler M. de Freycinet qui, dans la seconde édition
de son *Etude sur la Métaphysique du haut calcul,* parue en 1881,
revue et corrigée par l'auteur, dit, se rapportant à Auguste Comte,
page 226, ce qui suit : « Ce n'est pas sans surprise que nous avons
vu un des plus éminents penseurs de ce siècle maintenir entre les

deux conceptions une barrière infranchissable, puisqu'il admet l'une comme rigoureuse et repousse l'autre comme essentiellement fausse. « Quand on considère, dit-il, en elle-même et sous le rapport logique, la conception de Leibnitz, on ne peut s'empêcher de reconnaître avec Lagrange qu'elle est radicalement vicieuse, en ce que, suivant ses expressions, la notion des infiniment petits est une idée fausse qu'il est impossible, en effet, de se représenter nettement, quoiqu'on se fasse quelquefois illusion à cet égard. L'analyse transcendante, ainsi conçue, présente, à mes yeux, cette grande imperfection philosophique, de se trouver encore essentiellement fondée sur ces principes métaphysiques dont l'esprit humain a eu tant de peine à dégager toutes ses théories positives. Sous ce rapport, on peut dire que la Méthode infinitésimale porte vraiment l'empreinte caractéristique de l'époque de sa fondation et du génie propre de son fondateur. »

— Pourtant M. de Freycinet aurait dû savoir qu'Auguste Comte a rectifié son jugement sur le calcul infinitésimal, et que, dans sa *Synthèse Subjective*, parue en 1856, il fait l'appréciation philosophique de la conception leibnitzienne et des « deux modes accessoires que comporte l'institution générale du calcul des relations indirectes, par la considération des fluxions ou limites et surtout des dérivés. » Et, à la page 438 et suivantes de la *Synthèse Subjective*, il dit : « Nous pouvons mieux apprécier la dégradation académique de l'esprit scientifique en la voyant ainsi s'étendre au plus éminent des penseurs spéciaux (Lagrange). Une insuffisante vocation philosophique le poussa contre l'institution infinitésimale quand il crut opportune la réorganisation générale des doctrines mathématiques, dont il avait dignement senti l'épuisement radical. Son insurrection fut directe, ouverte, et complète : on peut même la taxer de violente, d'après la qualification, non moins irrévérente qu'injuste, qui caractérise son jugement de la conception leibnitzienne..... Il suffit de rapprocher la méthode infinitésimale de la théorie corpusculaire pour sentir l'injustice et l'irrationalité de la qualification par laquelle il osa flétrir la conception leibnitzienne. Mieux attentif à la comparaison générale des principes théoriques, il aurait senti la connexité de ces deux-là, leur nature également artificielle, et leur office pareillement légitime. Il eût ainsi reconnu que les molécules qu'il admettait ne sont pas plus réelles, ni moins subjectives, que les différentielles qu'il rejetait après leur avoir dû tous ses succès scientifiques. Toujours l'existence des molécules restera nécessairement inaccessible aux vérifications objectives, puisque, si les atomes pouvaient jamais être vus, même au microscope, ils auraient aussitôt perdu l'indivisibilité qui les caractérise. A leur tour, les familles qui suscitèrent les corpuscules, comme ceux-ci les différentielles, se trouveraient rationnellement frappées de la réprobation appliquée aux éléments mathématiques. Rien n'étant partout réel que l'ensemble, la conception des familles serait réputée aussi *fausse* que celle des infiniment petits, si les penseurs communistes pouvaient jamais avoir l'audace systémathique du réformateur mathématique. Elle est autant artificielle et subjective que ses deux rejetons théoriques, dont la destination et la légitimité ne sont pas moins motivées, aux yeux de quiconque sait convenablement apprécier les fondements philosophiques des institutions scientifiques.

« Tels sont les deux jugements secondaires qui devaient ici compléter la principale appréciation de la conception fondamentale du calcul des relations indirectes. On y peut voir la meilleure épreuve de l'aptitude nécessaire du positivisme à discipliner l'esprit scientifique, même chez les géomètres dont l'éminent génie semblait toujours soustrait aux arrêts philosophiques. Toute l'efficacité d'un tel régime est due à la plénitude de la synthèse subjective, qui manquait aux deux législateurs de la Logique (Descartes et Leibnitz), où leur empire prématuré produisit une longue et profonde insurrection, que la religion universelle pouvait seule surmonter. Avant que j'eusse convenablement rempli cette condition, je fus moi-même dominé par la science, sans pouvoir la juger ni la rectifier, ma soumission initiale constituant la préparation nécessaire de mon ascendant final. Le contraste du présent volume avec le tome premier de mon ouvrage fondamental reproduit l'expérience résultée de l'évolution collective, où la synthèse, impuissante contre l'analyse tant qu'elle resta partielle, prévalut quand elle devint complète.

« Un tel ascendant fait irrévocablement surgir la philosophie mathématique, en terminant le conflit qui, depuis un siècle paraissait insurmontable entre la théorie et la pratique du calcul transcendant. Toutes les applications étaient dirigées par la concentration infinitésimale; tandis que l'enseignement la proclamait irrationnelle, et se subordonnait aux deux régimes accessoires. Examiné chez son meilleur type, ce conflit se manifeste dans la contradiction qui poussa le fondateur de la méthode des dérivées (Lagrange), à maintenir l'institution leibnitzienne pour sa coordination algébrique de la mécanique rationnelle. Regardée par moi-même comme insurmontable, cette discordance ne me parut d'abord pouvoir cesser que si jamais il surgissait une conception capable de remplacer les trois modes rivaux, en s'affranchissant de leurs défauts et réunissant leurs qualités. On voit comment cette utopie, où l'harmonie mathématique se trouvait rejetée dans un avenir vague et douteux, a finalement suscité la solution normale, quand le positivisme, devenu religieux, a pleinement surmonté l'insurrection de la science contre la philosophie.

« Sous ce régime, l'éducation encyclopédique aura bientôt effacé toutes les traces des conflits antérieurs, en représentant l'institution

générale du calcul des relations indirectes comme uniquement due
au principe leibnitzien. »

Vous voyez donc, Monsieur, quel a été le jugement définitif
d'Auguste Comte sur le calcul infinitésimal ; et vous conviendrez
qu'on ne peut juger un philosophe sans le connaître. Pourtant c'est
ce que vous et M. de Freycinet faites en parlant d'Auguste Comte,
sans l'avoir lu. Vraiment elle est on ne peut mieux renseignée,
votre jeunesse française, sur la valeur du plus grand des génies,
d'après les rapports des savants du jour !

Mais continuons notre tâche.

Vous parlez, sans les indiquer, des erreurs commises par
Auguste Comte dans sa *Géométrie Analytique*. Je ne lui en connais
que celle que lui-même a rectifiée dans sa *Synthèse Subjective*, page
392, où il dit : « L'emploi de cette théorie (théorie inverse des diamètres) permettrait la rectification directe et complète, qu'elle fait
spontanément entrevoir, de l'erreur spéciale que je commis, dans le
traité mentionné ci-dessus, en représentant les courbes du second
degré comme les seules dont tous les diamètres soient rectilignes. Il
me fut bientôt possible de reconnaître et de proclamer cette méprise,
d'après mon enseignement public, en découvrant. parmi les courbes
susceptibles de centre, une infinité de cas décisifs, à l'aide d'une
suffisante généralisation du théorème des cordes supplémentaires.
Mieux apprécié, ce théorème, qui rend géométriquement évidentes
la nature et la réciprocité des diamètres de l'ellipse et de l'hyperbole,
ne borne point à ces courbes sa principale influence. Beaucoup
d'autres courbes peuvent participer aux mêmes propriétés, en remplaçant la constance du produit des tangentes des inclinaisons de
deux cordes supplémentaires quelconques sur un axe fixe, par toute
relation symétrique entre ces deux angles. Etablie ainsi dans un
système angulaire, l'équation de chacune de ces courbes est aisément
réductible aux coordonnées rectilignes, de la même manière qu'envers l'ellipse ou l'hyperbole. »

Je vous ferai remarquer encore que cette erreur d'Auguste Comte,
due à une généralisation négative, est logiquement semblable à celle
de Newton sur l'achromatisme des lentilles qui fut rectifiée par Euler
sous l'assistance de Dollond.

Je trouve encore une autre erreur dans la *Géométrie Analytique*
d'Auguste Comte, heureusement rectifiée aussi dans sa *Synthèse
Subjective*. Elle se rapporte, Monsieur, à votre ami M. Marie.

En parlant de la représentation géométrique des solutions imaginaires, Auguste Comte dit, dans sa *Géométrie Analytique*, page 24 :
... « Il ne faut pas croire seulement que l'imaginarité de ces solutions doive, en principe, leur interdire nécessairement toute interprétation géométrique, puisqu'elles ont entre elles des relations très
appréciables, aussi bien géométriquement qu'algébriquement ; sauf

la précaution très facile de tracer différemment la partie du tableau total qui les concerne, par exemple en la ponctuant..... Mais une semblable peinture des solutions imaginàires ne saurait convenir jusqu'ici qu'à un petit nombre de cas suffisamment simples, en dehors desquels l'imperfection nécessaire de l'analyse mathématique empêchera probablement toujours de compléter convenablement la représentation géométrique des équations..... Un jeune géomètre, M. Marie, ancien élève de l'Ecole polytechnique, vient de concevoir cette peinture des solutions imaginaires d'une manière plus profonde et plus générale que dans aucune des tentatives antérieures, de façon à obtenir quelquefois d'heureux rapprochements inattendus, et sans se faire d'ailleurs aucune grave illusion sur la réalisation usuelle d'un tel perfectionnement. »

Et dans la *Synthèse Subjective*, page 346, nous trouvons ces mots : « Nous devons généralement regarder l'omission géométrique des solutions imaginaires comme plus propre à perfectionner qu'à troubler la subordination de l'abstrait au concret..... Même dans les cas les plus favorables, la peinture des solutions imaginaires pourrait troubler la géométrie générale en y suscitant des rapprochements vicieux..... Relativement aux procédés plus généraux qui furent directement destinés à peindre les solutions imaginaires, ils sont trop indirects et trop compliqués pour devenir jamais admissibles. Tel est le jugement final qui convient à des spéculations dépourvues de destination philosophique, où l'on oublie le but, essentiellement géométrique, de l'institution cartésienne. Elles manifestent une tendance absolue à développer isolément la peinture des équations quelconques au lieu de la subordonner à sa destination principale, comme élément nécessaire de la constitution propre à la géométrie générale. »

Pour en finir avec les erreurs, je dois rappeler « *le seul mémoire* » de mécanique céleste présenté par Auguste Comte à l'Académie des Sciences, et qui, selon vous, « reposait sur un paralogisme ». Je ne le connais pas, mais d'après ce qu'Auguste Comte en dit dans le second volume de sa *Philosophie Positive* et suivant son jugement sur les usurpations de l'esprit mathématique en astronomie, je puis apprécier ce mémoire comme un symptôme de la fâcheuse influence qu'exerce l'académisme même sur les grands génies.

Luis LAGARRIGUE,

Ingénieur civil à Santiago du Chili
(Carmen 22).

FONDS TYPOGRAPHIQUE

DE L'EXÉCUTION TESTAMENTAIRE D'AUGUSTE COMTE

3, Rue de l'Estrapade, PARIS.

RÉCENTES PUBLICATIONS :

L'Exécution testamentaire d'Auguste Comte a tous les Positivistes, Circulaires I à VIII (1895-1897). (Distribution gratuite)

Testament d'Auguste Comte, suivi de ses Prières quotidiennes, de ses Confessions annuelles et de sa Correspondance avec Clotilde de Vaux, 2e édition, augmentée de plusieurs documents importants, in-8°................................... 10 fr. »»

    50 exempl. numérotés, sur papier vergé d'Hallines, à. 20 fr. »»

    50   d°   d°   sur papier velin d'Hallines, à. 25 fr. »»

    25   d°   d°   sur papier de Chine, à...,... 30 fr. »»

Deux Lettres philosophiques (sur la *Commémoration sociale* et sur le *Mariage*), composées pour Mme Clotilde de Vaux par Auguste Comte, in-8° raisin, papier collé..................... 1 fr. »»

Auguste Comte et l'Académie des Sciences, Réponse a M. J. Bertrand, par le Dr Audiffrent, ancien élève de l'Ecole polytechnique, l'un des Exécuteurs testamentaires d'Auguste Comte........ 1 fr. 50

EN PRÉPARATION :

Correspondance générale d'Auguste Comte, édition publiée par l'Exécution testamentaire d'après les documents dont elle dispose actuellement.

9 782019 964962